KB020566

DREAMBOOKS

DREAMBOOKS★

武堂前生

무당전생

4

dream
books
드림북스

무당전생 4

초판 1쇄 인쇄 / 2015년 3월 18일
초판 1쇄 발행 / 2015년 3월 25일

지은이 / 정원

발행인 / 오영배
책임편집 / 편집부
펴낸 곳 / (주)삼양출판사 · 드림북스

주소 / 서울특별시 강북구 솔샘로67길 92
대표 전화 / 02-980-2112 팩스 / 02-983-0660
편집부 전화 / 02-980-2116 팩스 / 02-983-8201
블로그 / blog.naver.com/dreambookss

등록번호 / 제9-00046호
등록일자 / 1999년 3월 11일

ISBN 979-11-313-0199-9 (04810) / 979-11-313-0195-1 (세트)

이 도서의 국립중앙도서관 출판시도서목록(CIP)은 서지정보유통지원시스템홈페이지
(http://seoji.nl.go.kr)와 국가자료공동목록시스템(http://www.nl.go.kr/kolisnet)에서
이용하실 수 있습니다. (CIP제어번호: 2015008270)

무당전생

4

정원 신무협 장편소설

ORIENTAL FANTASY STORY & ADVENTURE

dream
books
드림북스

무당전생

목차

第一章

내외법학(内外法學)

하남성(河南省) 낙양(洛陽)

하남성의 서쪽, 황하의 남쪽 해안과 낙하의 북쪽 해안에 위치한 낙양은 기원전 주(周)나라의 수도가 된 이래로 동주(東周), 동한(東漢), 조위(曹魏), 서진(西晉), 북위(北魏), 수(隨), 당(唐), 후량(後梁), 후당(後唐) 등 아홉 개 왕조가 도읍을 정한 까닭에 '아홉 왕조의 도읍(九朝古都)'이라고 불리기도 한다.

특히 후한에서 당대까지의 사이에 정치 중심지 서안에 비해서 경제·학술·문화의 국제적 중심지로서 번영했으며, 전생의 기억으로 알고 있는 현대 지구에서 유명했던

'삼국지(三國志)' 이야기도 후한말기의 낙양이 무대가 되었다.

전국시대의 노자(老子), 당나라 때의 이백(李白), 두보(杜甫), 백낙천(白樂天) 등의 문인(文人)이 이곳을 중심으로 활동하였으며 예술의 꽃을 피웠다.

긴 역사를 자랑하는데다가, 예로부터 워낙 많은 일이 있었는지라 명나라에서도 손에 꼽히는 대도시 중 하나였다.

"낙양이라. 삼국지에서 자주 들었던 도시의 이름이었지……."

북적거리는 저잣거리를 창문 바깥으로 힐끗 살펴보면서, 진양이 중얼거렸다.

그는 지금 그 유명한 낙양에 있다. 황제가 먼 이국의 땅에서 데려와 아끼는 후궁, 서후의 여동생이자 벽안검화로 유명한 서교의 무공사범 부탁으로 인해 말이다.

무당이 위치한 호북 땅에서 북경까지의 거리는 꽤 걸린다. 정든 고향인 무당산에서 떠난 지도 어언 이 주일이 지났는데 그 위 지방인 낙양밖에 오지 못했다.

북경이 멀다고는 했지만 설마 이렇게까지 시간이 오래 걸릴 줄은 상상조차 하지 못했다. 괜스레 현대 문명의 부산물인 자동차나 비행기, 혹은 기차가 그리워졌다.

"양 공자. 있는가?"

그때였다. 누군가가 방문을 두들기며 자신의 이름을 불렀다. 익숙한 목소리다.

"예, 들어오십시오."

"흠. 실례하지."

연령대는 삼십 대 후반 혹은 사십 대 초반 정도 되어 보일 법한 덩치의 중년 남성이 들어왔다. 금의위로서 서교의 수하인 시백호 범중이었다.

이 주일 전, 첫 만남 때 범중은 진양을 그다지 좋게 보지는 않았다. 도리어 탐탁지 않아하는 걸 넘어 싫어하는 수준이었다. 다른 금의위도 마찬가지로 진양을 싫어했다.

나이가 새파랗게 어린 청년이 자신들보다 강하다는 걸 인정할 수 없었기 때문이었다.

그렇지만 시간이 지나고 같이 지내는 시간이 늘어나면서 그게 착각이라는 걸 깨달았다. 범중을 포함한 금의위들은 이를 부끄러워했고, 점점 시간이 지나면서 진양을 인정했다.

진양이 서교를 포함하며 그녀의 수하인 일곱 명의 금의위들에게도 친절하게 무위의 부족한 점을 지적해 주면서 가르쳐 주었기 때문이었다.

"백호께서 관리에게 관병을 인수 받았다. 이제 곧 돌아오실 테니, 평소처럼 사범일의 준비를 해 주길 바란다."

"알겠습니다."

진양이 고개를 주억거렸다.

며칠 전, 낙양에 도착했을 때 관리가 헐레벌떡 찾아와 일행을 반겼다. 비록 서후가 정실이 아닌 후궁이긴 하지만, 그 후궁 역시 관부에서 보면 까마득한 신분이었다.

피는 이어지지 않아 있지만 서교도 굳이 따지자면 황족에 속한다. 물론 황권을 받을 수도 없고, 또 권력을 제한당하긴 했지만 그래도 명색의 황족이기 때문에 관리 입장에선 잘 보여야 했다.

또한, 서교는 그 관리에게 거의 반강제적으로 관병 오십을 받았다. 사실 굳이 관병을 받을 필요는 없었다.

정신이 나가 있지 않는 한 감히 황제가 가장 총애하는 후궁의 여동생을 건드릴 생각을 하지 않는다. 게다가 본인 자체도 실력만으로 금의위에 들어가서 백호의 지위에 올랐다.

설사 미친다 하여도 그녀를 공격하게 된다면 몇 번쯤은 심도 깊게 고민해야 한다.

그런데도 관병을 굳이 주려고 하고, 또 받은 것에는 서교가 아니라 무공사범인 진양 때문이었다.

정파도 그렇지만 황궁은 예법을 굉장히 많이 따진다.

항상 세간의 시선을 신경 쓰며, 몸짓 하나하나에도 세심하게 주의를 기울여야했다. 식사를 하는 순서와 동작이 조금이라도 이상하면 욕을 먹는다. 그게 황궁에 소속되어 있는 자의 숙명이다.

여하튼, 이러한 점 때문에 비록 정식으로 스승은 아니었으나 그래도 사범인 자에게 어느 정도 예를 표해야 했다.

또한 그는 비록 공식적으론 아니지만, 그래도 비공식적으로는 무림 정파의 대표로서 일시적지만 황족의 무공 사범이 됐다.

이러한 여러 가지 이유가 있었고, 비록 형식이긴 하나 호위로 관병 오십을 붙였다.

생각해 보면 도리어 이상한 건 서교였다. 아무리 금의위가 호위를 하고 있어서 안전에 걱정이 없고 권력 하나 없는 황족이라고 해도 황족이기에 어딜 갈 때면 호위가 필수로 따라붙는다.

서교가 그런 형식을 좋아하지 않는 편이라서 따라붙지 않았을 뿐, 관리가 곧장 관병을 내준 것도 이상한 일은 아니었다.

＊　　　＊　　　＊

일행이 며칠 묵게 된 장소는 당연히 관리의 화려한 전각이었다.

명나라 전체에서도 기나긴 역사를 자랑하며 손에 꼽힐 정도의 도시로 알려진 낙양의 관리조차도 금의위 앞에서는 꼼짝도 하지 못했다.

굳이 서교뿐만 아니라, 그녀의 수하인 일곱 명의 금의위 앞에서도 굽실거리기 바빴다.

진양은 그 광경을 보면서 금의위가 괜히 금의위가 아니라는 걸 통감할 수 있었다.

여하튼, 서교는 관리에게 부탁하여 평소 관병이나 무관 등이 수련하는 장소를 빌렸다.

그녀를 포함한 총 여덟 명의 금의위는 나란히 정렬하여 진양에게 가르침을 받고 있었다.

"저번에 계속해서, 내외법에 대해 설명하겠습니다."

내외법(內外法)은 간단히 말하자면 그저 기를 다루는 운용법에 불과하다. 크게 굉장한 것은 아니다. 경지에 상관없이 무공을 배우는 무림인이라면 누구나 할 수 있다.

이 주일 전, 무당에서 자신의 무위를 믿지 못하는 금의위들에게 실력을 보여주기 위해 기파를 쏟아 냈다. 이가 바로 내외법에 속한다. 몸에 갈무리한 내공을 바깥으로 꺼낸 것이다.

"먼저, 금의위 분들께서는 호랑이입니다."

"양 사범. 미안하지만 난 도학에 대해서는 잘 모른다."

서교는 머리 아픈 이야기는 딱 질색이라는 듯 미간을 찌푸리면서 진양의 말에 토를 달았다. 이에 진양이 어색하게 웃으며 머리를 좌우로 절레절레 흔들었다.

"도에 대한 이야기가 아닙니다. 어디까지나 비유입니다."

"비유?"

"예. 만약 여러분이 무예 등을 하나도 익히지 않은 일반 백성이라 생각합시다. 그런데 호랑이를 만났습니다. 어찌 될 것 같습니까?"

그의 질문에 서교는 고민하지 않고 곧바로 답했다.

"아마 그 기백(氣魄)에 압도돼서 꼼작도 못 하겠지."

"그렇습니다. 그럼 산속에서 저를 만난다면 어떨 것 같습니까?"

"그야…… 그저 도사구나, 하지 않겠나?"

서교가 대체 무슨 소리를 하냐는 듯, 영문 모를 얼굴로 머리를 옆으로 기울였다.

"호랑이를 보고 겁을 먹고, 저를 보고 겁을 먹지 않는다면 제가 호랑이보다 약하다는 뜻입니까?"

"그건…… 음?"

그제야 서교의 얼굴에도 이채가 어렸다. 그녀는 깊이 고민에 빠진 듯 청안(靑眼)을 껌벅였다.

호랑이. 확실히 일반 백성에겐 무시무시한 맹수이다.

한 번 휘두르면 나무를 쓰러드릴 것 같은 매서운 발톱과 악력, 그리고 세로로 갈라진 고양이과의 특유한 눈동자는 무척이나 섬뜩하다. 그 외에도 호랑이 전체에서 흘러나오는 '무언가'는 절로 압도될 정도다.

하지만 그렇다고 진양이 호랑이보다 약한 건 아니었다.

무림인에게 맹수는 그다지 무섭지 않다. 몇 백 년 묵은 영물이 아닌 한, 바위를 한 손이나 검으로 쪼개고 몇 미터 넘게 도약하는 그들 앞에서 호랑이는 성가시긴 하지만 위험한 적은 아니었다.

그런데도 산속에서 만난다면 호랑이에게 압도되어 겁을 먹는 이유는 무엇일까?

단순히 호랑이가 사람을 잡아먹을 수 있기 때문에?

아니다.

진양이 한국인으로서 살았던 현대의 지구라면 모를까, 명나라 시대에서는 같은 사람을 잡아먹는 놈들도 제법 있다. 위험성은 둘 다 비슷하다.

"그렇다면 질문을 바꿔보겠습니다. 이 정도의 기세를 뿌리고 다니는 저와 산속에서 마주친다면 누가 더 위협적입니까?"

진양의 분위기가 단번에 바뀌었다.

첫 만남 때처럼, 손이 절로 허리춤에 갈 정도로 사납고 거친 기세였다. 몸이 절로 무거워지고 땀이 흐를 정도다.

"저건……."

범중이 침을 꿀꺽 삼키며 신기한 듯 진양을 쳐다봤다.

저 신묘한 기의 운용법. 저게 내외법일까.

방금 전까지만 해도 그다지 위험이 되지 않는 분위기였다. 지금도 마찬가지지만 딱히 살기를 품지도 않았고, 도리어 편안해지고 안심이 됐다. 그러나 지금은 아니었다.

만약 산중에서 호랑이와 진양을 만난다면 진양이 더 위협적으로 느껴질 것이다.

"호랑이는 가만히 있어도 위협을 느끼고, 압도됩니다. 그건 호랑이처럼 영물들이 지닌 영기(靈氣)를 방출하고 다니기 때문입니다."

금의위를 호랑이에 빗댄 것도 이러한 이유다.

그들의 내외법을 모르는 이유. 금의위뿐만 아니라 황궁무예의 사용자들은 죄다 진기를 갈무리하는 방법을 모른다. 아니, 애초에 왜 그래야하는지 알지 못한다.

황궁무예는 뭐든지 전쟁을 미래를 두고, 그를 대비하는 사고방식에서부터 창안되고 연구됐다.

전쟁에서 무관, 즉 장수(將帥)를 예로 들어보자.

장수는 첫 번째로 아군의 눈에 띄어야한다. 만약 존재감이 옅다면, 수많은 병사들을 통솔하기 쉽지가 않아서 그렇다. 그렇기에 멀리서도 알아볼 수 있도록 강맹하고 느끼기 쉬운 기운을 항상 표출하고 있어야한다.

그리고 두 번째는 사기(士氣)와 연결되어 있다.

장수는 각 부대의 대표이다. 참모가 아니라 무관이 부대를 이끌고 있다면 당연히 그 강함도 상당해야 한다.

그래야 병사들이 우리 쪽 장수는 이렇게 강하다며 안도하고, 그 정도만으로 사기가 오른다.

반대로 생각해서 적의 입장에서 보면 강하고 대단한 장수가 있다는 뜻이니, 아군과 다르게 적군의 사기가 낮아지기도 한다.

이처럼 전시에는 장수가 되는 황궁무예를 익힌 무관 출신들은 내외법을 모른다.

못 해서 하는 것이 아니라, 아예 그러한 개념 자체를 모르며 필요성을 못 느끼고 있었다.

남들보다 눈에 띄어야 하거늘, 반대로 그걸 갈무리해서 몸 안에 숨겨서 눈에 띄지 않게 해야 하다니. 말도 안 되는 사고방식이었다.

"질문이 있다."

서교가 손을 들었다.

"말하십시오."

"우리도 그걸 배워야 하나?"

서교는 딱히 필요성을 느끼지 못한 듯, 탐탁지 않는 모습이었다. 그 뒤에 있는 금의위들도 같은 의견이었다.

"예."

진양이 고민하지 않고 즉답했다.

그는 계속해서 말을 이었다.

"무림인은 싸울 때를 제외하곤 평소에 내공을 갈무리해 놓습니다. 정확히 말하자면, 내외법은 기초를 배울 때 함께 배우기 때문에 그게 당연하다시피 하는 습관입니다. 만약 그렇지 않으면 쓸데없는 과소비를 하기에, 굉장히 비효율적입니다."

황궁무예라 불리는 황궁의 무공. 그 무공은 하나같이 전시의 장수를 생각하여 연구돼서 그런지 평소에도 내공을 바깥으로 꺼내두는 상태가 유지된다. 즉, 많지는 않지만 내공을 지속적으로 소비하는 것과 마찬가지였다.

"그리고 지속적인 소비를 해결해 줄 뿐만 아니라, 기의 운용성이 보다 높아지게 됩니다."

"과연, 그런가. 알았다. 배우도록 하지."

진양의 설명에 서교가 납득했다.

'금의위 모두 내력이 생각보다 낮은 듯했는데, 왜 그런

지 이제야 알겠구나.'

황궁무고에는 천하의 구파일방조차도 가지지 못한 많은 영약들을 보유하고 있다. 하나하나가 몇십 년 내공을 증진시켜주는 데다가, 황궁의 정예인 금의위에는 그 영약이 나름대로 제공되는 수준이다.

그러기에 듣기론 금의위만 들어간다면 젊었을 때부터 남들보다 약 두 배 많은 내공을 지니게 된다 했는데, 정작 그들을 두 눈에서 보니 아니었다.

확실히 연령에 비해서 남들보다 많은 편이긴 했으나 그다지 대단하지는 않았다.

그래서 의아해하고 있었는데, 이제야 그 의문이 풀렸다. 금의위들은 확실히 황궁에 들어가 영약을 하사받았을 것이다. 그러나 평소에 저렇게 진기를 소비하고 다니니, 내공이 많다면 이상할 것이다.

"기초 중의 기초이니 그다지 어려울 건 없습니다."

내외법은 기를 안으로 갈무리하고, 바깥으로 꺼내는 기의 운용 방법. 내공심법으로 축기 단계에 성공하면, 그다음으로 기감을 높이고 운용 능력을 높이기 위해서 하는 수련이다.

황궁무예의 체계가 무림의 무공과 달라서 내외법이라는 개념 자체가 없어서 그렇지, 이미 절정이나 일류 수준의 경지를 성취한 금의위 입장에선 그다지 어렵지 않다.

수련 방식도 간단했다.

하단전에서 시작되는 진기를 몸 전체 경맥을 통해서 흘리고, 몸 바깥으로 방출한다는 느낌으로 움직이면 된다.

기를 막 느끼기 시작한 삼류 이하의 어린아이들만 힘들 뿐이지, 이미 무도를 걷고 있는 이들에겐 그다지 어려운 건 아니었다.

실제로 원래라면 몇 주일, 혹은 한 달 이상 걸려야 익힐 수 있는 걸 금의위 모두가 고작 삼 일만에 익혀서 벌써부터 익숙해지려고 각자 노력하고 있었다.

"내외법은 이제부터 하던 것처럼 각자 알아서 하시면 됩니다."

"알았다. 그럼 그 외에 우리에게 부족한 것은 무엇이지?"

서교가 머리를 주억거리곤 물었다.

"제가 금의위 분들을 지적할 정도로 큰 실력은 되지 않습니다. 그래도 굳이 꼽자면 역시 보법이 있겠군요."

"보법이라면…… 전에 말한 그것인가."

"예."

진양은 금의위와 동행하면서 간간이 무림체계의 무공에 대한 기초 지식 정도는 가르쳐 준 적이 있었다.

물론 무당의 특유 발걸음 등 무당 고유의 특성은 당연히 빼고 말해 주었다. 주로 공통된 지식이었다.

황궁무예 중에서도 보법(步法). 즉, 걷는 법에 대해서 아주 없는 것은 아니었으나 무림의 체계처럼 확실히 틀에 잡힌 것은 아니었다. 무공에 연계하지도 않았다.

그래서 보법이 무림에서 얼마나 중요한지 나름대로 친절하게 가르쳐 주었다.

금의위는 대다수 이를 듣고 고개를 갸웃거렸다.

당연한 일이었다. 내외법처럼 무림에서 당연하다시피한 것은 관군 특성상 필요성이 느껴지지 않았기 때문이었다.

명나라 황실은 오랫동안 무림과 교류를 하지 않아, 이런 부분에 대해선 서로 완전히 문외한이었다.

"하지만 그에 관해선 제가 자세히 가르칠 수 없습니다. 대부분 보법은 무공으로 남아 있습니다. 제가 아는 보법이라곤 무당에서 익힌 것뿐, 그것도 비전에 속하는 것이라서 애석하게도 가르쳐줄 수 없습니다."

"이해한다. 우리 또한 황궁무예는 황궁의 병사나, 장수가 아니라면 외부인에게 결코 가르쳐줄 수 없으니까."

서교의 말에 진양은 속으로 안도했다.

혹시라도 그녀가 금의위라는 신분을 내세워서 억지로라도 가르쳐달라면 어쩌나 싶었다.

만약 그녀뿐만 아니라 금의위 모두가 억지를 부렸더라면, 사이가 나빠지는 걸 각오하고도 북경 행을 포기하여 무당으로 다시 되돌아가 장문인에게 상담을 요청해야 했기 때문이었다.

"보법의 경우에는 북경으로 돌아가 황궁무고의 출입허가를 받아내서 내가 알아서 찾아보겠다. 그렇다면 내가 익힌 무예를 중심으로 가르쳐줄 수 있겠나?"

"예."

　　　　　　*　　　　*　　　　*

낙양에 머물렀던 일행은 이튿날, 채비를 갖추고 북경 행에 올랐다.

이에 낙양의 관리는 며칠 더 편히 쉬었다가 출발하라고 권유했지만, 서교는 그럴 수 없다며 단호히 거절했다.

금의위의 백호이자 후궁의 여동생인 서교와 조금이라도 인맥을 쌓고 싶었던 관리의 입장에선 아쉬운 일이었다. 하지만 황족을 마음대로 붙잡을 수는 없는 일. 별수 없다는 듯 고개를 끄덕이곤 일행이 눈에 보이지 않을 때까지 배웅을 나가주었다.

여하튼, 그렇게 원래 목적지인 북경을 향해 일행은 웬만하면 쉬지 않고 말의 고삐를 움직였다.

다만 그 속도는 처음보다 조금 늦춰졌다. 무려 오십이나 되는 관병들이 붙었기 때문이었다.

아쉽지만 그래도 호위로서 꼭 붙여야 해서 어쩔 수 없는 일이었다.

"그러고 보니, 황궁에서는 무공을 대부분 황궁무예라고 부르는데…… 특별한 이유라도 있습니까?"

대부분 시간을 서교와 마차에서 보내다보니 진양은 어색함을 깨기 위해서 그녀에게 자질구레한 질문을 던졌다.

"자세히는 모르지만, 황궁무예의 그 기원은 원나라(元國) 때부터 알려진 십팔반무예(十八般武藝)를 중점으로 삼고 재해석과 연구를 하여 탄생하였다고 한다. 무공도 틀린 말은 아니지만 이와 같은 이유로 무공이라기보다는 무예라 불렸지."

외관으로 보자면 전형적인 서양인인 서교가 진양에게 명나라 황궁무예에 대한 기원이나 역사를 설명하는 광경은 제법 진풍경이었다.

여하튼, 십팔반무예란, 관병이나 장수 등이 즐겨 쓰는 열여덟 개의 병기(兵器)를 사용하는 무술을 칭한다.

그 처음은 원나라에서 원곡(元曲)에서 보였다.

원곡이란, 잡극(雜劇)과 산곡(散曲)을 포괄한 말이다.

금말(金末) 원초(元初)에 송나라의 잡극과 금나라의 원본(院本)이 기초가 되어, 하나의 완전한 희극 형식으로 발전한 것이 원의 잡극이다.

이를테면 고금잡거라는 경덕불복로(敬德不服老) 속에 있는 가사(唱詞)에서 '그는 십팔반무예를 다 배우며 육도서도 줄줄 내리읽었도다.' 라는 기록이 최초였다.

그 외에도 삼국연의와 함께, 지구의 현대 중국에서도 널리 알려진 고전 소설인 '수호전(水滸傳)' 제이(二)회에는 '그 십팔반무예(十八般武藝)란, 모(矛), 추(鎚), 궁(弓), 노(弩), 총(銃), 편(鞭), 간(簡), 검(劍), 연(鏈), 팔(朳), 부(斧), 월(鉞), 과(戈), 극(戟), 패(牌), 봉(棒), 창(槍), 과(檛)이다.'

'무(武)에는 끝이 없다 하더니만, 그 말이 정말이구나. 몇 가지 빼고는 전혀 알 수 없는 병기다. 그리고 그런 병기에도 오랫동안 내려오고 연구된 무예가 있다니!'

서교의 설명을 들은 진양은 감탄했다.

원래 한 질문은 그저 어색함을 깨기 위해서 아무거나 물은 것에 불과했는데, 듣다보니 그 방대함에 놀라게 되고 좋은 걸 알게 됐다.

"친절하게 가르쳐 주셔서 감사합니다."

"그렇게 고마워할 필요는 없다. 나야말로 그대의 가르

침 덕분에 그동안 내가 우물 안의 개구리라는 걸 깨닫게
됐으니, 감사할 따름이다."

시교가 부드럽게 웃었다.

'신분 높은 양반이랑 여행하느라 죽어날 줄 알았는데,
생각보다 시교가 좋은 사람이라 다행이다.'

진양도 그녀와 마주 보며 웃음을 지었다.

그렇게 어색한 분위기 대신 서로 웃음을 짓고 마주 보는
훈훈한 분위기가 이어지고 있을 때였다. 시교가 웃음 대신
벽안으로 진양을 담아내곤 입을 열었다.

"헌데…… 양 사범. 미안하다만 사적인 질문이 하나 있
다."

사적인 질문이라는 말에 진양은 머리를 한 차례 갸웃거
렸지만, 이내 괜찮다는 몸짓을 취했다.

"예전부터 신경이 쓰였지만, 종종 내 흉부를 뚫어지게
쳐다보던데, 뭐 문제라도 있나?"

"콜록콜록!"

상상조차도 하지 못한 질문이 튀어나오자 진양은 헛기
침을 거의 반사적으로 토해 냈다.

'망했다!'

그리고 동시에 그의 얼굴이 시체처럼 창백하게 질렸다.

눈앞에 있는 여자는 보통 여자가 아니다.

시대적으로 여성 자체의 인권이나 권위는 확실히 낮다. 그렇지만 그건 어디까지나 일반인에 한해서다.

눈앞에 앉아 있는 서교의 외모는 중원인이 아니어도, 알다시피 일단 황족. 원래는 허리를 굽히고 머리를 땅에 박도록 숙이고 대해야 맞는 그 황족이다.

다행히 서교는 권력에서 벗어났고, 본인이 허례허식을 좋아하지 않는 편이라 마주 보고 앉아도 괜찮다는 허가를 받았다. 다른 금의위도 익숙한지 이에 관해선 별로 무어라고 하지는 않았다.

그러나 아무리 서교가 관대한 편이라고 해도 특정 부위. 특히 흉부에게서 시선을 느낀다는 건 여성으로서 큰 수치였다.

그건 서교에 대한 모욕 수준을 넘어, 황족모욕죄(皇族侮辱罪). 즉, 친척 일가는 물론이고 그와 관계된 사람 모두 멸족을 당해도 할 말이 없는 일이었다.

'어쩌지?'

어떤 경우에도 침착과 평정을 유지하는 진양조차도 이번만큼은 흥분을 가라앉힐 수 없었다.

그는 약간 초조한 듯, 동공을 파르르 떨어대며 깊은 고민에 빠졌다. 입술은 굳게 꾹 닫히고, 이마에선 식은땀이 몇 방울 뚝뚝 흐르기 시작했다.

심장은 쿵쾅쿵쾅 빠른 박동을 뛰기 시작했다. 폐 깊숙이 들이마시고 내쉬는 호흡 또한 속도를 박찼다.

뇌세포가 활발하게 움직이면서 끊임없는 생각이 꼬리에 꼬리를 물었다.

"혹시 무예를 익히는데 관련된 문제인지 염려된다. 문제가 있다면 말해 줬으면 한다."

서교는 상체를 앞으로 숙이며 굳은 표정으로 물었다.

第二章

사도거동(邪道擧動)

사도련의 총관(總管) 야율종(耶律種)

정파의 두뇌라 불리는 무림맹의 참모, 제갈문과 종종 비교되는 인물로서 사도련주 다음가는 권력자다.

다만, 그는 제갈문과는 역할이 좀 달랐다.

야율종은 어릴 적부터 머리가 비상하고, 무공도 제법 뛰어나서 총관의 자리까지 올랐지만 제갈문처럼 한 단체를 움직일 정도로의 발언권은 부족한 편이었다.

이는 딱히 야율종이 그릇이 덜 됐다던가, 무언가가 부족해서가 아니었다. 그렇다고 사도련에 소속된 여타 단체, 고수들 등에게 딱히 미움을 받는 것도 아니었다.

도리어 총관인 야율종에게 잘 보이기 위해 비위를 맞춰 줄 정도였다.

야율종이 총관의 지위를 얻고도 사도련 내에서 크게 발언권이 적은 이유는 단순했다.

사도련주가 하늘이 내린 천재였기 때문이었다.

하늘이 내렸다는 무재(武才)라며 현 무림에서 적수를 찾아보기 힘들다는 여덟 명의 절대 고수.

무림팔존의 한 자리를 차지하는 무위를 자랑하는 것도 부족하여 사도련주는 머리까지 비상하였다.

학사와 마주앉아도 자연스레 대화를 이어갈 수 있을 정도로 학식(學識)에도 조예가 깊었다.

그러다 보니 야율종이 딱히 조언을 하지 않아도, 전략 등 머리를 쓰는 방면에서도 사도련주는 알아서 척척 해냈다.

'련주는 인간이 아니야. 내 자리는 련주 밑, 이인자면 충분하다.'

야율종도 이 시대의 사내로 태어나서 야망(野望)을 꿈꾸지 않은 건 아니었다.

그렇지만 사도련주의 곁에 서서 그를 지켜본 결과, 어떤 노력을 해도 사도련주에게는 그 모든 행위가 무의하다는 걸 깨닫고 지금 자리에 만족했다.

"련주님. 조금 신경 쓰이는 일을 보고하려 합니다."

"호오."

사도련주는 눈을 빛내며 호기심 어린 표정을 지었다.

총관 야율종이 비록 세간에서는 종종 허울뿐인 지위라고 비난을 받긴 하지만 실상은 오히려 그 반대다.

사도련주를 제외하고 총관에 견줄 지위는 존재하지 않는다. 이는 사도련주 그가 세운 계획 중 하나로, 중요한 것이 아니라면 대부분 자질구레한 일을 야율종에게 맡기고 알아서 판단하여 처리하라고 전권을 주었기 때문이다.

즉, 야율종이 이렇게 따로 보고를 올린다는 건 사도련주가 관심을 가져야 할 정도로 일의 우선성이 제법 높다는 뜻이었다.

"무엇이지?"

"황실이 무당을 찾아갔습니다."

사도련주의 안색이 딱딱하게 굳었다.

그의 얼굴에는 최근 웃음이 떠나가는 날이 없었다.

육대금공인 체폭골우공을 통해서 용봉비무대회의 습격범을 마교도로 꾸미고, 그리고 끝내 정마대전의 불씨를 붙이는 데 대성공했다.

이후에 할 일은 몇 가지만 신경 써서 조율하고, 그 외에는 흑막이 되어 멀리서 그 광경을 지켜보면 된다.

그렇다면 무림 정복에 방해가 됐던 두 세력이 싸우다가 알아서 지칠 것이고, 그를 틈을 타 아직 멀쩡한 사도련 세력으로 총공격을 하면 무림은 자신의 것이라는 생각에 안 웃을 수가 없었다.

"자세히 말해 봐라."

그러나 총관의 보고로 그 모든 상상이 산산이 부서졌다.

그의 계획에는 아무런 문제가 없었다.

설사 천마가 폐관수련을 끝내고 나온다 하여도, 혹은 깊숙이 숨은 은거기인이 쏟아져 나와도 정마대전을 막을 수 없다. 그야말로 진퇴양난(進退兩難). 어떤 경우가 튀어나와도 이 판을 뒤집을 수는 없었다.

아니, 정확히는 없다고 생각했다.

황실만 아니었더라면.

"예."

야율종은 공손하게 답하며 자초지종을 설명했다.

황제가 사절단(使節團)을 통해서 소개 받은 금발벽안의 미녀, 서후부터 시작해서 지금 황실이 무당파를 찾게 된 원인인 금의위 서교 등 무림맹이 은근슬쩍 발을 넣고 있는 것까지 세세한 상황을 설명했다.

총관의 긴 이야기를 가만히 듣고 있던 사도련주는 끝내 참지 못하고 이를 뿌드득 갈며 분노했다.

"도대체 왜!"

콰드득!

분노한 사도련주가 손에 힘을 콱 주었다. 그러자 단단한 대리석으로 만들어진 팔걸이가 두부처럼 뭉개졌다가 이내 모래처럼 바스러지며 바닥에 떨어졌다.

"몇 백 년 동안 단 한 번도 관여하지 않았거늘! 왜 이제 와서 무림, 그것도 정파에 껴들라고 하더냐!"

'꿀꺽.'

야율종이 침을 삼키며 목을 자라처럼 움츠렸다.

손 위에는 닭살이 우수수 돋아났고, 시선은 절로 아래를 향했다. 잘 보니 다리가 미세하게 떨리고 있었다.

과연 무림팔존.

그 이름이 무색하지 않게, 그저 격한 감정을 바깥으로 꺼낸 것에 불과한데도 야율종은 호흡 하나 유지하기에도 벅찼다.

"지, 진정하십시오. 서교는 비록 후궁(後宮)의 동생이긴 하지만, 황실에서도 권력 계층에서 벗어난 여자입니다."

"멍청한 놈!"

사도련주의 고함이 쩌렁쩌렁하게 울려 퍼졌다.

"그저 단순한 후궁의 자매였다면 문제가 되지 않는다. 그러나 그년은 권력 기관 중에서 최고위에 속하는 금의위

소속이다. 그리고 무당파의 그 진양이라는 놈은 무려 금의위 사범이 되었다."

사도련주가 얼굴을 구긴 채로 말을 계속했다.

"비록 공식적인 것은 아니나, 금의위이자 황족의 사범이라는 건 좋지 않다. 만약에, 아주 만약에라도 그놈이 황실에 연줄을 잡는다면 그보다 성가신 것은 없지."

사도련주는 어떤 경우에도 방심을 하지 않는 남자였다. 항상 최악의 수를 가정하고 계획을 짠다.

"확률은 적지만, 벽안검화가 금의위에서 이대로 별 탈 없이 무공(武功)을 쌓고, 나아가 더 높은 관직에라도 오르면 일은 더 복잡해진다. 우리가 후에 무림을 정복할 시, 무림맹을 해체시키고 구파일방을 모조리 멸문지화한다 하여도 무당만큼은 건들지 못하겠지."

벽안검화가 진양과 사이가 좋지 않다면 상관없다.

그러나 사범이 됐다는 것 자체로 그를 어느 정도 인정한다는 점. 결코 나쁜 관계는 아니라는 점이다.

만약 여기서 상호간에 신뢰를 쌓고, 나아가 특별한 관계까지 발전하게 된다면 이보다 골치 아픈 것이 없다.

물론 황족의 경우 혼례는 본인의 의사가 어떻건 쉽게 허가하지 않는다.

주로 황족의 여식은 정치적인 혼례 도구로 쓰이기 때문

에, 황제뿐만 아니라 내신(內臣)과의 회의로 결정된다.

그것이 황족의 여식으로서 운명이긴 하지만, 문제는 그 장본인 중 한 명인 벽안검화 서교가 그 운명에 속하지 않는다는 점이었다.

일차적으로, 서교는 금의위다. 굳이 정치적인 혼례 도구로 쓰이지 않아도 실력이 뛰어나 계속 금의위에 남아 무공을 세우는 것이 나은 편이다.

이차적으로는 그녀가 공식 석상에서 권력 승계에 제한되어 있으니, 외부건 내부건 간에 딱히 결혼할 필요성이 없었다.

그녀가 만약 외국인이 아니라 황실의 성혈(聖血)을 이었더라면 이야기가 달라졌겠지만, 중원인이긴커녕 아예 먼 나라에서 왔으니까 황족의 피로는 인정되지 않는다.

실제로 황제가 서후를 데려오는 조건으로 이후 그녀가 자식을 낳는다 해도 황족이 아니라며 신하들에게 약속했으니, 서교와 혼례를 올려 자식을 낳아도 평민. 아니 오랑캐일 뿐이었다.

그러나, 이건 어디까지 황궁 내부의 이야기.

외부에서는 전혀 다르다. 몇몇 지방의 관리들은 마음 같아선 그녀를 아내로 맞이하고 싶었다.

황실에 있는 권력자들이야 이미 자기가 쌓아 올린 것이

있고, 집안이 있다 보니 그렇지 외부 입장에서 금의위이자 후궁의 동생과 결혼한다는 건 출세의 지름길이었다.

설사 황권을 손에 쥘 수는 없지만, 그래도 지방 관리 입장에서 금의위라는 것은 하늘보다 높은 관직이니까.

어쨌거나, 종합해 보자면 금의위인 서교라는 여성 자체에 힘이 있으며 그녀와 연결된다면 조금이긴 하지만 황제 직속 부대이자 권력 최고 기관 중 금의위에게 일정한 도움을 받을 수 있다는 말이었다.

사도련주는 그 점을 걱정하고 있었다.

사도련이 무림을 정복했다고 치자. 그 이후에 할 일은 당연히 오랫동안 앙숙이었던 정파와 그 연합체인 무림맹의 멸망이다.

구파일방은 당연히 뿌리 하나 남기지 않고 없애야한다. 만약 조금이라도 남긴다면, 언젠가는 그들이 대표가 되고 희망이 된다. 그러면 정파인이 모여 무림맹을 다시 재결성할 것이다. 실제로 과거, 사파 혹은 마교가 정파를 무너뜨렸을 때 구파일방 중 일부를 남겼다가 무림맹을 부활시켜 정복에 실패했던 역사가 있었다.

"역시 련주님입니다. 제가 미천해서 그런지 련주님의 깊은 심계를 파악하지 못했습니다. 부디 이 어리석은 야율종을 용서해 주십시오."

"됐다. 하기야, 범인 주제에 나와 같은 생각을 할 수 있을 리가 없지."

말은 이렇게 해도 사도련주는 야율종의 아부에 기분이 좋아진 듯, 찡그린 얼굴을 폈다.

"하오면, 련주님. 이 일은 어찌 처리해야……."

지금 당장 급한 건, 태극권협이 북경에 도착하기 전에 수단과 방법을 가리지 않고 처단해서 황실과 무당의 연을 강제로 끊어버리는 것이었다.

만약 이대로 두었다가 북경에 진입한다면 천하의 사도련이라 하여도 진양을 어찌할 수가 없다.

허나 그 전에 처단하려해도 여러 복합적인 문제가 앞에 가로막는다.

일단 그 무리에서 건드릴 수 있는 건 딱 한 명, 무당파의 사대제자 태극권협 밖에 없었다.

그 외에는 황제 직속 기구이자 황실 최고 권력 기관 중 하나인 금의위. 그리고 관군에 속한 관병이니 이들을 치는 건 곧 황제에 대한 도전이라 할 수 있었다.

설사 무림팔존이 이끄는 사도련이라고 해도, 만약 그런 짓을 했다간 결코 무사할 수 없다.

정파와 황실의 접촉을 막기 위해서, 진양 한 명만 죽이면 되는 일이지만 그게 말처럼 쉬운 것이 아니었다.

진양은 일시적이긴 하나 금의위의 무공 사범.

그 지위가 마음에 걸린다.

무위 수준은 어떻든 상관이 없다. 사도련에서 내로라하는 고수 몇몇을 보낸다면 설사 신인 고수라 평가받는 남자라 해도, 애송이에 불과한 태극권협 따위 상대가 아니다.

그러나 만약 금의위가 사범을 지키겠다며 나서기라도 한다면, 그리고 호위로 있는 관병까지 죄다 나선다면 결국 관부와 싸울 수밖에 없다.

만약 그렇게 된다면 결코 돌이킬 수 없는 상황이 벌어진다.

"총관, 죽은 자는 말이 없는 법이다. 어떤 증거도 남기지 않고 죄다 싸잡아 죽인다면 문제가 되지 않지."

사도련주의 말에 야율종은 몸을 흠칫 떨었다.

'무서운 놈!'

아무리 자기가 세운 계획에 찬물을 끼얹는 것을 싫어한다 하여도, 상대는 천하의 금의위다.

자칫 잘못하면 반역죄로 끌려가 뼈는 물론이고 사도련에 관련된 이들 모두가 살아남지 못한다.

무공이라는 힘을 지녔는데도 무림이 예로부터 관부와 다투지 않은 이유는 너무나도 단순했다.

힘 위에 있는 압도적인 권력.

그 권력의 정점인 황제.

그리고 황제의 손짓 한 번에 움직이는 육십만의 병사.

아무리 날고 기어봤자, 압도적인 숫자 앞에서는 설사 무림팔존이라고 해도 무력하다.

설사 전설 속에 나오는 무형검이나 심검이 나온들, 육십만이 아니라 일만의 궁병과 싸우면 살아남을 수가 없었다.

신이 아닌 이상 인간으로 황제는 이길 수 없다.

"위험을 감수하고도 황실과 정파의 접촉은 막아야한다. 만약 작더라도 어떤 관계가 형성되고, 그 싹은 악몽으로 다가와 무림을 정복해도 우리 사파에 위협이 되겠지. 그럴 바에야 차라리 처리하는 것이 낫다."

사도련주가 낮은 목소리로 위엄 있게 말했다.

표정을 보아하니 누가 말려도 생각을 바꿀 의향이 보이지 않았다. 아니, 애초에 어느 누가 감히 무림팔존. 그것도 사도련의 수장에게 뭐라 할 수 있을까. 그런 짓을 했다간 목이 한 두 개라도 모자랐다.

"초절정 고수 하나. 절정 고수 셋. 나머지는 이류와 일류로 채워서 총 오십 명의 척살단을 준비해라. 벽안검화를 비롯한 금의위, 그리고 태극권협은 물론이고 그 아래 관병까지 빠짐없이 죽여야 한다."

"그, 그렇게나 말입니까?"

야율종이 경악을 금치 못했다.

사도련에서 오십여 명 정도 빼는 건 어려운 일이 아니다. 당장 사도련에 소속된 사파인만 해도 무려 만 명이다.

초절정 고수도 수가 많은 것은 아니었지만 한 명 정도는 외부로 돌릴 만한 여유가 있고, 절정 고수 셋도 문제가 되지 않는다.

그러나 야율종은 그렇게나 할 필요가 있나 싶었다.

아무리 금의위라고 해도, 벽안검화는 절정으로 알려져 있고 그 외에 금의위도 최소로 잡아봤자 일류. 그 외에 관병은 황실 출신이 아니기 때문에 무력이 약할 것이다.

태극권협 역시 용봉비무대회 때 제법 이름을 알리긴 했지만, 그래 봤자 무당파에서 나온 지 별로 되지 않은 반푼이 절정의 신진 고수다.

격언(格言) 중에서 소 잡는 칼로 닭 잡을 필요가 있냐는 말이 있다.

아무리 금의위와 태극권협이 제법 강해도, 이 정도 인력을 보낼 필요가 있었나 싶었다.

"내가 말했지? 단 한 명도 살아나선 안 된다고. 전력을 이렇게 모으는 건 우리가 습격했다는 걸 알려서는 안 되기 때문이다. 만약 그렇게 된다면 나는 물론이고 사도련 전체가 무사할 수 있다는 보장이 없다."

사도련주는 낮고 묵직한 어조로 또박또박 말했다.

그는 몇 번이나 이번 일의 위험성을 강조했다.

"마음 같아선 내가 나서고 싶을 정도다. 그러나 총관도 알다시피 내 몸집은 너무 크지."

몸집이라는 건 덩치라거나 신장 등을 말하는 것이 아니다. 바로 존재감이었다.

사도련 내부에는 필시 무림맹의 정보원이 숨어 있을 것이다. 무림맹에 사도련의 정보원이 숨어든 것처럼 말이다.

만약 자신이 직접 움직인다면 아무리 기밀을 유지하려고 해도 필시 그 정보가 정파 무림맹으로 넘어갈 것이며, 그 소식을 들으면 무림맹이 어떻게서든 막기 위해서 나설 것이라는 건 뻔한 일이다.

"그러니 최대한 신속하게, 또 조용하게 처리해라. 목격자 따위는 남기지 말아라."

*　　　*　　　*

한편, 진양은 상상을 초월하는 서교의 반응에 잠시 공황 상태에 빠졌다가 가까스로 제정신을 되찾았다.

'어릴 적부터 권력이나 정치에 대해서는 관심이 없고, 무예를 닦는 데만 관심이 있다 하였는데 설마 이 정도일

줄은 몰랐다.'

침을 꿀꺽 삼키며 진양이 생각했다.

그도 일단은 서교의 사범으로서, 가르칠 대상이 어떠한 인물인지는 알 필요가 있었다. 그래서 간간이 촌이나 도시를 들릴 때마다 개방의 제자가 있다면 그들을 찾아가서 술이나 음식을 대신하여 정보를 받아냈다.

처음에 개방의 말단 제자들은 그 정보를 듣고 미묘한 표정을 지었다. 아무리 구파일방이라 하여도 황족의 정보를 캐는 것은 마음에 내키지 않은 일이었다.

그러나 보고를 받은 분타주는 진양이 서교의 사범이기도 하고, 황제에게 공식적으로는 아니지만 뒤에서 어느 정도 무림과의 접촉을 허가한 상태라는 걸 알고 알게 모르게 조심스레 정보를 건네주었다.

세간에서는 잘 알려지지 않았지만, 사실 이번 사태는 무림맹에서도 중요시여기고 있었다.

원나라에서 명나라로 바뀔 때까지도 관부와 무림은 너무 오랫동안 관섭을 하지 않았다. 그런데 거의 최초로 이번에 관섭하게 됐으니, 신경이 안 쓰일 수가 없다.

또한 진양이 실수라도 할 경우, 무당은 물론이고 무당이 속해 있는 구파일방이나 무림맹까지 그 여파가 끼치기라도 하면 큰일이다.

그러다 보니 조금 내키지 않다 하여도, 일단 무림맹이나 구파일방 등 정파의 고위 인물이나 주요 단체에서는 진양에 대해 직접적이지는 않아도 곤란한 일을 해결할 수 있도록 간접적으로나마 조금씩 지원해 주었다.

여하튼, 이러한 사정 덕분에 진양 또한 아주 자세히는 아니지만 그래도 대략적으로 서교의 성장 배경이나 어떤 인물인지는 대충 파악하고 있었다.

'가슴을 쳐다봤는데 여자로서 성적 수치심을 느끼긴커녕 무예를 익히는데 문제가 있는지 걱정을 하다니. 그야말로 천생무인이로구나.'

양심이 찔리는 걸 넘어 같은 무인으로서 부끄럽고 죄책감이 들 정도였다.

'그보다 혹시나 했는데. 완전히 변태가 다 됐구나.'

얼마 전, 아니 사실은 백리선혜를 만난 이후로부터 줄곧 계속해서 떠오르던 고민이 하나 있었다.

바로 특정 여성을 보면 정신을 차리는 못 하는 것이다.

그 최초는 용봉비무대회에서 만난 도연홍이었다.

강호초출 당시, 어떤 미녀를 봐도 마음이 잘 움직이지 않았다. 당시에는 이놈의 도가무학 때문에 성욕이 줄어들어 고자가 되는 건 아닐까 하고 걱정이 될 정도였다.

그러나 그 걱정은 도연홍을 만난 이후로 변했다.

자신은 이상하게도 어떤 '특정'한 여성을 만나면 마음이 벌렁벌렁 주체할 수 없게 되고, 얼굴을 붉혔다.

그리고 왠지 모르게 평소와 달리 침착해질 수 없게 되었고 특히 그 여성이 밀어붙이면 약한 모습을 보였다.

어릴 적부터 자랑하던 현대인의 객관적인 사고방식도 이을 수 없었고, 결국 끙끙 앓다가 지게 됐다.

그 특정은 이러했다.

一, 연상(年上)의 여인

二, 신장도 일반 여성과 다르게 좀 큰 편.

三, 흉부(胸部)가 남들보다 확연하게 커야 함.

'그렇다면 과거에 나는 사저에게 욕정했다는 건가. 최악이다.'

과거, 사저와의 신체 접촉을 해올 때 마음이 동했던 것은 아직 자신이 부족해서 그런 것이라 생각했다.

그러나 전혀 아니었다. 사저인 그녀와의 신체 접촉에 정말로 기분이 좋아지고 음심(淫心)이 생긴 것이다.

양심이라는 이름의 칼날이 그의 심장을 쿡쿡 찔러 죄책감을 억지로 꺼냈다.

'세 사람, 아니 네 사람의 공통점.'

세 개의 특징 중 가장 확실한 건 삼(三)인 가슴이었다.

이제 와서 생각하는 것이지만 언제나 자신의 눈동자는 얼굴이나 몸매 전체라기보다는 한 부위를 지속해서 보고 있었다. 그 부위가 다름 아닌 가슴이다.

그것도 작거나 평균적인 크기가 아니라, 한 손으로 전혀 잡을 수 없을 정도로 커야했다.

일(一)과 이(二)는 특징으로 삼기에는 조금 애매했다.

지금까지 만난 사람들 중, 마음이 움직일 정도로 큼지막한 가슴을 지닌 사람은 죄다 연상이었다. 연하 중에서 다른 네 여인들 정도의 가슴을 지닌 여인을 본 적이 없었다.

신장 차이 역시 연령대와 비슷한 이유였다. 알다시피 네 여인 모두 이 시대의 일반 여성보다 컸다.

'그보다……이 상황을 어찌한다?'

지금 중요한 건 이상형에 대한 자아 성찰이 아니다. 급한 불은 껐지만, 여전히 불씨가 남아 있는 상황을 어서 해결해야 한다.

"그건……."

어찌해야 할지 몰라 입만 벙긋 거릴 때였다. 여태껏 별 문제 없이 달리던 마차가 속도를 줄이다 싶더니만 이윽고 멈춰 섰다. 마차를 이끌던 네 마리의 말이 발굽 소리를 내면서 푸레질을 한다.

"무슨 일이냐?"

서교가 얼굴에 묻어났던 걱정을 지워내며 눈을 매섭게 떴다. 그녀의 표정에서 경계심이 어렸다.

여태껏 곤혹과 당황스러움 밖에 없던 진양도 얼굴을 딱딱하게 굳혔다. 무언가 심상치 않은 것을 느낀 듯, 그 표정은 상당히 진지했다.

"정찰병의 정기 보고가 이각 정도 늦습니다. 아무래도 앞에서 무슨 일이 생긴 모양입니다."

마차 좌측에서 군마(軍馬) 위에 앉은 범중이 기다렸다는 듯이 답했다.

"전 병사들에게 경계하라고 알려라. 그렇지만 선제공격은 금할 것. 일단 어떤 상황인지 파악해야하니 선보고부터 올리라고 전해라."

"예."

범중이 공손한 어조로 답했다.

'호오.'

그 광경을 바로 곁에서 지켜보던 진양이 감탄했다.

그는 사범이 된 입장에서 금의위 모두를 가르치는 입장이었지만, 결코 이들보다 우위라고 생각하지 않았다.

확실히 무공 면으로는 금의위보다 뛰어날지 모른다. 그러나 금의위는 다른 방면으로 진양보다 나은 점이 있었다.

바로 일정한 병력을 지휘하고 통솔하는 부대 운용이다.

서교는 평시에도 마치 전시(戰時)에 있는 것처럼 행동했다. 일정한 인원이 이동할 때는 약 한 시진에서 두 시진 거리 앞에 미리 정찰병을 보내두었다.

전위뿐만 아니라, 어떤 방향에 오건 반응할 수 있도록 쌍익(雙翼)과 후위에도 정찰병을 각각 보내두었다.

그 외에도 수면을 취할 시에 당연히 불침번(不寢番)을 세워두었고, 심지어 밥을 먹을 때나 휴식 시간에도 경비를 세우는 것을 잊지 않았다.

또한 새로 받아들인 관병들을 따로 불러서 그들에게 간단한 보고 체계나 연락 체계 등을 설명해 주었다.

그리고 그중에서도 임시지만 책임자를 고르고 식사 시간에 불러서 간간이 회의를 했다.

'이게 관군과 무림의 차이인가.'

관군은 일반인이 아니라 엄연히 군대이다.

명나라의 황실과 땅. 그리고 국민을 지키기 위해 일정한 규율과 질서를 갖고 편제된 군인의 집단이다.

그렇기 때문에 상시 전쟁에 대한 대비를 해야 하며, 설사 전선에 있지 않다고 해도 마치 전쟁을 하는 것처럼 하루도 빠짐없이 훈련을 해서 그런지 무림인에 비하여 평시조차도 엄한 편이었다.

'옛 생각이 새록새록 나는구나.'

대한민국 현대 사회에서는 나이를 육십, 칠십을 먹어도 군 시절을 종종 떠올린다고 했다.

서교를 곁에서 지켜보며, 그녀의 행동을 좇다보면 자꾸 전생에서 고생했던 군대가 떠올렸다.

'군대만큼 보고를 중시하는 단체도 없지. 게다가 현대에 비해서 이 시대 규율은 자칫 잘못하면 목숨이 날아가기 때문에 그만큼 심각할 터. 적어도 허위 보고는 아니겠지.'

第三章

벽력귀수(霹靂鬼手)

정찰병의 정기 보고가 끊어진 이후, 관병 오십을 포함한
일행은 마치 전장 한복판에 떨어진 부대처럼 주변을 경계
하며 조심스레 전진했다.

인적 없는 장소를 지나고 있어서 망정이었지, 만약 주변
에 사람들이 있었더라면 혹시 전쟁이라도 일어난 건 아닐
까 싶을 정도로 위험한 분위기를 풍기고 있었다.

그리고 그 부대 앞을 가로막은 건 딱 봐도 좋은 목적으로
보이지 않는 무리였다.

"무엄한 놈! 우리가 누군지 알고 앞길을 막느냐!"

범중이 목소리를 높이며 사납게 쏘아붙였다.

"끌끌끌. 한창 즐기고 있는 여행길을 방해해서 미안하네."

정체불명 무리의 중심에서 노인이 뒷짐을 진 채로 유유자적한 발걸음으로 나왔다.

"노부는 이 근처 일대를 보호하고 있는 한 산채의 두목이네. 그런데 요새 먹고 살기가 힘들어서, 이렇게 여행객에게 통행세를 좀 받고 있지."

요컨대 산적이니, 죽고 싶지 않다면 좋은 말할 때 가진 것을 다 내놓으라는 말이었다.

"허."

범중이 기가 막힌 듯, 헛웃음을 내뱉었다.

"누굴 바보로 아느냐? 어떤 산적이 미쳤다고 관병 오십에, 황실의 깃발을 보고도 덤비겠느냐. 정체를 밝혀라."

범중의 말에 일행도 긍정하듯 머리를 끄덕였다.

눈앞에 수상적인 무리가 산적을 자처하기엔 상식적으로 이해가 가지 않는다.

일행이 신분을 숨긴 것도 아니었다. 반대로 대놓고 황실의 문장이 새겨진 깃대를 높이 들고 여행길에 올랐다.

게다가 갑옷으로 무장한 관병이 무려 오십이나 붙어 있는데, 감히 덤빌 수 있는 생각을 할 수 있겠는가.

설사 죽을 정도로 배가 고프다 한들, 차라리 굶고 인근의

촌을 습격하고 말지 관부를 털지는 않는다.

"껄껄껄! 한 번쯤은 산적 흉내를 꼭 하고 싶었는데, 아무래도 노부의 연기가 그다지 좋지는 않은 모양이구나!"

노인이 등허리를 뒤로 젖히며 웃음을 터뜨렸다.

"좋다. 노부도 길게 끌 생각은 없다."

그러곤 웃음을 뚝 멈추더니 몸을 다시 등허리를 쭉 피며 진지한 표정을 지었다.

"으으윽……."

"무슨……."

전위에 위치한 관병들이 침음을 흘렸다.

대부분 호흡을 제대로 할 수 없는 듯, 얼굴을 찡그리며 작은 기침을 토해 냈다. 표정에서는 약간의 공포도 맺혔다.

노인이 웃음을 멈추면서 한순간에 뿜어낸 기백에 몸과 정신이 버티지 못한 것이다.

"저건……."

범중이 잔뜩 긴장하며 말꼬리를 흐렸다.

방금 전까지만 해도 전혀 위협이 되지 않는, 툭 치면 쓰러질 것 같았던 평범한 노인이었다.

그러나 갑자기 몸에서 황실의 장수마냥 보기만 해도 지레 겁을 먹을 만한 기백을 내뿜었다.

범중은 얼마 전에도 이런 상황을 겪어본 적이 있었다.

"내외법⋯⋯."

진양의 아래에서 수련을 받은 금의위 중 한 명이 침음이 뒤섞인 목소리로 중얼거렸다.

"강호에는 노인을 특히 조심하라는 말이 있다고 했는데. 왜 그런 말이 있는지 이제야 알 것 같군."

부대의 중심에 자리 잡은 서교도 긴장 어린 모습을 보이며 말했다.

그리고 노인을 시작한 뒤로, 근처에 있던 정체불명의 무리들도 각자의 기백을 방출하면서 싸울 채비를 갖췄다.

누군가가 소리를 버럭 지르면 당장이라도 뛰쳐나올 것 같이 험한 기세였다.

"저 노인은 제가 맡겠습니다."

진양이 앞으로 한 걸음 내디뎠다.

"하하하하!"

"우리가 정말 산적인 줄 알고 있는 모양이야!"

그의 말에 적진에서 비웃음이 난무했다.

"강호에서는 태극권협이라고 불리던가?"

노인이 주변의 무리와 같이 비웃음을 가득 짓고 진양에게 말을 걸었다.

"역시 애송이라서 그런지 주제 파악할 줄을 모르는구나. 설마 이 노부를 평범한 노인이라 생각할 정도로 머리가 빈 것은 아니겠지?"

"아니, 노인장이 제법 고강한 무공을 지니고 있다는 것은 알고 있다. 그러니까 내가 나서는 것이고."

진양이 목을 한차례 빙글 돌렸다. 우드득하고 요란한 소리가 울렸다. 그의 표정은 한없이 무심해 보였다.

딱히 노인을 하수로 취급하는 것도 아니었으며, 그렇다고 겁을 먹은 것도 아니었다.

"허! 이래서 구파일방이란."

노인은 진양의 태도가 광오하게 비쳐졌는지 불쾌한 듯 주름살 가득한 미간을 찌푸렸다.

"어차피 죽을 놈이니 알려주마. 네 그 건방진 눈깔로 마주 보고 있는 노부가 벽력귀수(霹靂鬼手)다."

'벽력귀수…….'

그는 일행 중에서 유일한 무림인이지만, 정작 강호에 일에는 눈과 귀가 좀 어두운 편이었다. 그가 무당파의 제자로 들어와 무림인이 된지는 제법 됐지만, 인간관계도 최소화할 정도로 무공 수련에 관점을 중심으로 해서 그렇다.

하지만 그래도 아주 모르는 것은 아니었다. 일단 이 위험한 세상을 헤쳐 나가긴 위해선, 기본적인 지식 정도는 필요했다.

어쨌거나, 여타 무림인에 비해서 강호의 소문이나 일에

대해서 모르는 편인 진양조차도 알 정도면 벽력귀수의 무위는 확실히 보통 고강한 것이 아니라는 의미다.

"벽력귀수……?"

그러나 일행 중에서 무림인은 진양뿐. 그 외에 서교를 비롯한 금의위나 관병들은 그 별호를 듣고도 고개를 갸웃할 뿐 놀라거나 경계하는 반응은 보이지 않았다.

황실, 아니 관부 통틀어 무림과 오랫동안 교류를 하지 않고 서로 관심을 두지 않으니 무림의 일을 잘 모른다.

물론 아예 모르는 것은 아니다. 무림이 언제 돌변할지 모르니, 정파나 사파 등 연합체의 이름이나 무림팔존의 구성원 정도는 알고 있었다.

"대단한 고수인가?"

곁에 서 있던 서교가 목소리를 최대한 죽이고 물었다.

"붙으면 육 할 정도로 이길 수는 있습니다."

진양이 표정 변화 없이 답했다.

"그 정도면 문제없지 않나?"

진양이 별다른 말없이 굳은 얼굴로 침묵을 지키자, 그녀는 벽력귀수가 압도적인 무위를 지닌 고수라고 생각하여 조금 걱정을 했다. 육 할의 승률이 굉장히 높은 수준은 아니었지만, 그래도 반 이상은 이긴다는 뜻이었다.

"사 할은 죽습니다."

"……."

진양의 말에 서교는 검집에 손을 옮겼다.

"네 이노옴! 노부의 별호를 듣고도 아직도 그런 말 따위를 할 수 있다니, 제정신은 아닌 모양이로구나!"

벽력귀수는 노기를 띠며 수염을 파르르 떨었다.

"무슨……."

서교가 두 눈을 휘둥그레 뜨며 놀란 기색을 보였다.

벽력귀수가 비록 무리의 최전방에 위치하고 있다곤 하나, 두 무리의 거리는 제법 상당한 편이었다.

각 무리에는 오십이나 되는 관병이나 무사가 위치해 있기 때문이었다. 게다가 그들이 속삭이는 대화나, 혹은 병장기가 부딪치는 마찰음 등 잡음도 섞여서 목소리를 높이지 않으면 알아들을 수가 없다.

벽력귀수의 반응을 보면 진양과 서교의 대화를 확실히 들었다는 뜻인데, 그게 상식적으로 이해가 가지 않았다.

동물도 아닌데 어찌 인간이 그걸 들을 수 있겠는가?

물론 일반적인 상식에서 벗어난 힘을 지닌 사람. 무림인에 입장에서는 그다지 진귀한 광경은 아니었다.

무림인은 경지가 높으면 높을수록 인간의 한계를 뛰어넘는다. 사람의 몸으로 집채만 한 바위를 부수거나 벨 수 있으며, 그 외에도 먼 거리에서도 귓속말을 훔쳐 들을 수도 있었다.

"늙으면 귀가 어두워진다는데, 노인장은 쓸데없이 귀도 밝은 걸 보니 아직 노망을 들지 않은 모양이야."

진양이 피식 웃으며 벽력귀수를 도발했다.

"미친놈!"

벽력귀수의 흰자위가 눈병이라도 걸린 듯 벌게졌다.

"큿!"

서교가 입술을 질끈 깨물며 힘든 기색을 보였다.

벽력귀수가 진양을 목표로 살의를 내뿜었기 때문인지, 곁에 있던 서교도 그 영향을 받아버린 것이다.

아직 절정 초입 부근 밖에 머무르지 못한 그녀가 초절정 고수에 있는 벽력귀수의 기백을 받아내기는 힘들었다.

"내 세상에 저런 미친놈은 처음이다. 아무리 우리 사도 련과 무림맹이 같은 하늘 아래 있을 수 없다 하여도, 천하 의 벽력귀수님 앞에서 저런 망발을 하다니!"

벽력귀수가 데려온 무리, 아니 사도련에서 온 무사 중 한 명이 어이없는 눈빛으로 진양을 쳐다봤다.

마치 겁을 완전히 상실했냐며 묻는 것 같았다.

"역시 사도련인가."

진양이 예상했다는 듯이 머리를 위아래로 흔들었다.

벽력귀수는 소속이 없는 무인이 아니다. 그는 오래전부

터 사도련주와 함께 온 사도련 소속의 초절정 고수였다.

고수, 그것도 강호에서 칼밥을 제법 오랫동안 먹은 무사는 무림의 지독한 은원관계에서 벗어나지 못한다.

설사 초절정 고수라고 해도 소속된 단체가 없다면 자기 몸을 지키지 못한다. 특히 사파인일 경우 행동거지가 워낙 막 나가다보니 원한 관계의 숫자를 떠올리기 힘들 정도다.

그러다 보니 일정한 단체에 소속되어서 보호를 받는 편이 좋다. 딱히 어떤 문파에 속해 있지 않으면 단연 사도련의 직속 무사로 들어가는 것이 올바르다.

게다가 벽력귀수는 강호에서도 제법 이름을 날린 초절정 고수. 어딜 가도 환영을 받는데다가, 사파의 대표 연합체인 사도련의 직속에 들어갈 만하다.

"사도련!"

서교가 심각한 어조로 외쳤다.

무림지사에 눈이 어두운 관부의 인물도 삼대 세력은 안다. 그리고 그중에 사파 연합체인 사도련이 어떤 곳인지도 알고 있었다.

"멍청한 놈! 감히 황실을 향해 검을 겨눌 생각이냐!"

서교가 버럭 화를 내며 벽력귀수에게 소리쳤다.

"과거부터 관부와 무림은 비록 조약을 맺지 않았지만, 서로의 일에 관여하지 않는 건 누구나 알 만한 약속이다.

정녕 그걸 깰 생각이냐!"

"흥. 제법 괄괄한 여인이로구나. 시간이 있다면 내 가랑이 아래에 두고 싶지만, 그러지 못하니 정말 아쉽군."

벽력귀수가 콧방귀를 끼며 앞으로 몇 걸음 걸었다.

스릉!

그 뒤로 사도련 소속 무사들이 각자 병장기를 꺼내는 소리가 경쾌하게 울려 퍼졌다. 오십에 이르는 무인들이 한꺼번에 싸울 준비를 하는 건 제법 진풍경이었다.

"네 이노옴!"

범중이 흉신악살과 같은 기도를 뿜내며 진노했다.

벽력귀수가 아무리 강호에서 이름을 제법 날린 고수라 하여도, 그래 봤자 신분은 일개 평민이다. 그에 반면 서교는 이름뿐이긴 하지만 그래도 무려 황족. 또한 금의위에서 실력만으로 제법 높은 지위에 오른 여인이다.

처음엔 금의위 내부에서도 여자의 몸으로 무인을 지향한다는 것에 탐탁지 않아 했지만, 사치를 싫어하고 성실이 무(武)에 대한 마음가짐을 보고 그들 또한 서교를 점차 존경하였다.

"진정하십시오."

진양이 막 튀어 나가려는 범중의 팔을 잡아챘다.

"이거 놔라."

범중이 낮게 으르릉거리며 경고했다.

아무리 무공 사범이라 할지여도, 서교를 향한 능멸을 듣고도 가만히 있으라면 그를 힘으로도 치워낼 생각이었다.

"범중, 진정해라."

정작 그 장본인인 서교도 나서서 범중을 말렸다.

"하지만……."

"하지만이 아니다. 감정적으로 행동하는 건 좋지 않다. 저 벽력귀수라는 놈은 양 사범이 상대한다고 하였다. 그럼 그 나머지는 우리가 모두 감당해야 한다."

서교는 냉정하고도 침착했다.

그녀는 여자로서, 아니 인간으로서 참을 수 없는 모욕을 받았는데도 딱히 흥분해하거나 화를 내지 않았다.

이는 서교가 여자가 아니라, 금의위로서. 그리고 한 부대의 지휘관으로서 서 있기 때문이었다.

저런 저급한 도발에 발끈해서 지휘관이나 주요 간부가 나간다면 그건 충분히 욕먹을 짓이다.

전쟁에서 지휘관이나 장수가 어이없이 목숨을 잃게 되면 그 부대의 목숨은 끝이다. 설령 수적으로 많다고 해도 사기가 떨어지면 결코 이길 수 없다.

또한, 그뿐만 아니라 서교는 진양의 말에서 숨은 뜻을 찾아냈다.

'양 사범이 저 노인과 혼자 싸우겠다는 건, 우리를 보호하거나 보조해 줄 수는 없다는 뜻이다. 그렇다면 그 나머지는 우리가 알아서 감당해야 한다는 뜻이겠지.'

서교는 다른 금의위에게도 진정하라는 듯이 눈빛을 보냈다.

"저들이 나타난 것은 결코 우연이 아니다. 내 존재를 알고 있고, 금의위가 이 자리에 알고 있는데도 나타난 건 어떻게서든 우리를 몰살시키겠다는 의지다. 그럼 그걸 각오하고 많은 전력을 데리고 왔을 터. 저 노인만 경계할 것이 아니다."

"허! 설마 내 생에 황족 중에서 저렇게 똑똑한 아해가 나올 줄은 몰랐구나. 하기야, 이국의 땅에서 데려왔으니 부패한 돼지새끼들과는 다를 만하구나."

"하하하하!"

벽력귀수의 말에 사도련 진영 측에서 함박웃음이 터져 나왔다.

미쳤다. 이젠 대놓고 현 황족, 아니 그걸 넘어가 황제까지 싸잡아서 비웃고 비난하고 있었다.

즉, 이 자리에서 단 한 명도 빠짐없이 관부 관계자 모두를 척살하겠다는 뜻이었다.

"으드득!"

범중이 분노로 가득 찬 눈동자로 벽력귀수를 사납게 노려다보았다. 눈빛만으로 사람을 죽일 수 있다면, 범중은 벽력귀수를 수백 번 죽일 수 있었을 것이다.

"내 필히 네놈들을 잡아 족쳐서 벌할 것이다!"

범중이 검을 쥔 손에 힘을 꽈악 주었다.

"그리고 벽안검화야."

벽력귀수는 진양을 노려보던 시선을 돌려서 서교를 비웃음이 뒤섞인 눈동자로 내려다보았다.

"네 말대로 관부와 무림은 서로의 일이 관섭하지 않도록 하였다. 그렇지만 그 약속을 깬 것은 네년이 아니냐? 네 옆에 있는 그 시건방진 말코 도사가 그 증거다."

"……."

서교는 벽력귀수의 말에 반박하지 않았다. 아니, 못 했다는 말이 맞았다.

확실히 그의 말대로 먼저 그 약속을 깬 건 자신이었다. 무에 대한 호기심을 주체하지 못하고, 서후와 황제에게 은근슬쩍 부탁해서 무림의 무공을 배우고 싶다고 청했다.

그래서 결국 무당파에 찾아가서 도움을 요청하게 됐다.

아무리 비공개적이고, 황실의 입장이 아니며 공식적인 것이 아니라고 괜찮다고 하여도 관부. 아니 중앙에 있는 황실이 무림과 접촉한 건 부정할 수 없는 사실이다.

"그러니 네 멍청함을 미워해라!"

벽력귀수가 출수했다.

"와아!"

그 뒤로 사도련 무사 오십이 따랐다.

진양이 제운종을 밟아 벽력귀수와 거리를 좁혔다. 눈부
실 정도로 재빠른 경공이었다.

"발걸음 하나만큼은 빠르구나!"

벽력귀수는 칭찬에 인색한 편이다. 특히 정파와는 사이
가 좋지 않아서 비난만 하지 칭찬할 줄은 모른다.

그런데도 진양의 경공을 보고 나름 인정했다. 그만큼 진
양의 무공이 제법 고강하다는 뜻이었다.

"흐읍!"

벽력귀수가 숨을 크게 들이쉬었다. 그리고 몸 전체로 흐
르는 진기를 힘껏 끌어올렸다.

빠직! 빠지지직!

비물질에 속하는 진기가 점점 형체를 띤다. 눈에 보이지
않는 기(氣)가 푸른빛을 발하고, 이내 극양(極陽)의 성질을
만들어 내면서 벼락을 생성했다.

개미새끼 한 마리 죽이지 못할 것 같은 노인이 형형한 안
광(眼光)을 뽐내며 수염을 흩날렸다. 그 모습이 마치 현세

에 강림한 귀신과도 같았다.

그래서 붙은 별호가 벽력귀수다.

"뇌음벽력장(雷音霹靂掌)에 죽는 걸 영광으로 알아라!"

벽력귀수가 노성(怒聲)을 지르며 쌍장(雙掌)을 날렸다.

"흡!"

진양이 흠칫 놀라며 재차 제운종을 밟아 흉부를 향해 날아오는 쌍장을 받아내서 흘려내려고 했다.

"큭!"

그러나 벽력귀수의 양손바닥을 흘리기는 쉽지 않았다. 그와 거리를 좁히자마자, 터질 듯한 극양의 공력이 뿜어져 나오면서 신체적 접촉 자체를 방해해 버린 것이다.

이에 진양은 흘리기를 포기하고, 단전의 내공을 끌어 올려서 보법에 집중했다. 구름 위를 움직이듯 부드러운 발걸음으로 잔상을 남기면서 뒤로 황급히 회피했다.

진양의 얼굴에 당혹감이 어렸다.

'이럴 수가. 근처에도 갈 수 없다니.'

벽력귀수의 손바닥에서 흘러나오는 진기는 제법 많다. 이제껏 상대해본 적중에서도 공력의 양이 가장 많았다.

하지만 양 자체는 문제가 되지는 않는다. 진양도 내공 만큼은 그 적수를 찾기 힘들다.

그러나 문제는 벽력귀수에게 흘러나오는 진기가 무엇의

파장을 만들어 내서 본인의 몸을 꼭 호신강기마냥 장막을 치고 있다는 것이었다.

'전기장?'

벽력귀수가 신체에 두른 무언가를 보고 현대의 지식이 떠올랐다.

전기장이란, 전기를 띤 전하나 시간에 따라 변하는 자기장 주위의 공간에서 형성되는 걸 말한다.

이 전기장 안에서 하전된 물체는 전기력을 받게 된다. 덕분에 인체에 해가 가는 전력량이 송전(送傳)되어 그대로 영향을 받았다.

'발전기도 아니고.'

머릿속으로 당혹감이 밀려들었다.

현대 지구에서 전기뱀장어에 의하여 초능력을 얻게 된 악당이 떠올랐다. 그 악당은 인간 발전기처럼 몸에서 전력을 자가 발현시켰다.

'과연, 초절정 고수라는 건가.'

진양은 벽력귀수보다 더한 고수를 제법 보았다. 당장 그가 속한 무당파만 봐도 무림팔존의 장문인이 있다.

그렇지만 싸운 적도 없었고, 경지가 워낙 높아서 어느 정도의 무위를 지닌 것인지 파악도 되지 않았다.

가끔 그런 고수를 보면서 상상도 못한 무력을 발휘할 줄은 알고 있었지만, 이렇게 강할 줄은 몰랐다.

아니, 벽력귀수조차 초절정이다. 그 위로는 얼마나 강할지 감히 상상할 수도 없었다.

"죽어라!"

벽력귀수가 재차 일장(一掌)을 날리며 대기층을 부욱 찢어 발겼다. 손에 담긴 극양의 기운이 날뛰면서 주변의 공간조차도 집어삼키는 위력을 보였다.

'전력(全力)을 다해서 날 죽일 생각이다.'

진양이 바짝 긴장했다.

초반부터 벽력귀수는 정찰 따위는 무시하고 있다. 속전속결로 자신을 쳐 죽일 생각이었다.

'시간을 끌 생각이 없는 거야. 날 처리하고 금의위, 그리고 관병 모두 죽일 생각이지. 한 명이라도 놓치지 않고 목격자를 남기지 않을 생각이다.'

진양은 벽력귀수, 아니 나아가 사도련주의 생각을 눈치챘다. 하기야, 황실의 인물을 습격했으니 만약 자신도 습격자의 입장이었다면 필히 그렇게 했을 것이다.

'그렇다면 나도 정찰 따위는 하지 않는다. 여기서 모든 걸 보여 준다.'

필살의 의지로 전력을 다해 덤벼드는 초절정 고수에게 여유를 부릴 틈은 없다. 강호 출두 아래, 단 한 번도 보인

적 없었던 힘을 모두 개방하기로 마음먹었다.

*　　　*　　　*

사도련주의 명에 의해서 이번 척살행 임무를 받은 절정 고수는 세 명이었다. 또한, 그 세 명 중에서 어수룩한 자는 한 명도 없었다. 하나하나 사도련에서 제법 칼 밥 좀 먹고 고강한 무공으로 위명한 자자한 무인이었다.

"으하하하! 금의위라고 해서 대단할 줄 알았는데, 이 거력도(巨力刀) 감규목(甘奎穆) 앞에서는 별거 아니구나!"

감규목은 별호처럼 제법 무식한 사내였다.

산만한 덩치에 부리부리한 눈. 정리되지 않고 비렁뱅이처럼 아무렇게나 자란 수염 등, 외관만 보면 어느 산채에서 한 자리 차지할 것만 같은 인상이다.

여하튼 얼굴뿐만 아니라, 행동거지도 산적과 같다.

돈이 없으면 주변 행인이나 무림인에게 시비를 걸어서 빼앗고, 여자가 있다면 힘으로 억지로 범했다.

행동은 저잣거리 양아치보다 못했지만 그래도 절정의 경지에 오른 고수. 제법 실력 있는 사파인이었다.

그는 큼지막한 칼 한 자루를 휘두르면서 호통쳤다.

"어딜 감히 이 거력도 앞에 서려 하느냐! 죽고 싶은 모양이군!"

서걱!

무언가 베이는 섬뜩한 효과음과 함께 관병의 머리가 목과 분리되어 하늘 높이 떠올라 지면을 데굴데굴 굴렀다.

"으아악!"

관병들이 기겁하면서 뒤로 물러났다.

"흐흐흐!"

평소에는 건들지도 못하는 관부의 개들이 지레 겁을 먹고 물러나자, 묘한 쾌감이 머릿속까지 들어왔다.

거력도 감규목은 워낙 악명도 자자하고, 여러 패악질을 저질러서 그런지 포쾌에게 잡혀서 옥살이를 한 경험도 있었다.

물론 그럴 때마다 사도련의 연줄이나, 혹은 보석금을 지불하여 나오긴 했지만 여태껏 무력을 과시하여 자기 멋대로 살던 감규목 입장에서 관부는 제법 열이 뻗치긴 매한가지였다.

마음 같아선 관병이건 포쾌건, 혹은 재판을 맡은 관리건 간에 다 싸잡아서 죽여 버리고 싶었지만 현실적으로 불가능한 일이니 화풀이를 다른 데다 풀 수밖에 없었다.

그런데 이번 임무 덕분에 그 짜증 나는 관병은 물론이고 나아가 금의위까지 목을 날릴 수 있다는 소식에 감규목은 매우 기뻐하였다.

"다들 물러나라."

그때였다.

감규목이 누구 목부터 벨까 희희낙락하고 있을 무렵, 부대의 중심에서 차갑지만 미성(美聲)의 소유자가 천천히 걸어 나왔다. 이에 전위에 창을 꼬나 쥐고 서 있던 관병 무리가 양측으로 물러섰다.

"호오오!"

감규목이 입술을 적시며 감탄사를 내뱉었다.

"아까 봤을 때도 그 미색이 대단하더니만, 과연 벽안검화!"

감규목은 패악질, 술, 그리고 여자라면 사족 못 쓴다.

특히 그중에서도 여자에는 눈이 돌아간다. 마음에든 여자가 유부녀건 아이건 간에 개의치 않고 자기 품 안에 안고 봐야 마음이 풀린다. 그만큼 예쁜 여자를 좋아했다.

"널 보니 정말 우울하군. 너 같은 여자를 안지 못하고 죽여야 한다니."

감규목이 탄식하며 진심으로 안타까워했다.

확실히 그는 여자를 밝힌다. 여자를 안기 위해서는 약간의 위험도 감당한다. 죽을 위기도 제법 겪었다.

그렇다고 감규목이 바보는 아니다. 그래도 목 위에 있는 것이 생각이라는 것도 제법 했다.

이번 일에 사도련주는 제법 신경을 많이 썼다.

그 관심은 직접 나서지 못하는 것을 아쉬워할 정도. 그래서 총관인 야율종과 회의 끝에 적절한 인원을 뽑고 그들을 따로 불러서 임무에 대해 주의할 점을 몇 번이나 경고할 정도였다. 그 정도로 중요도는 상당했다.

"네놈을 알고 있다."

서교가 감규목을 내리 보며 고운 입술을 열었다.

"오오! 천하의 금의위까지 내 명성이 알려지다니!"

감규목이 눈에 띠게 기뻐했다.

정파, 사파를 통틀어 무인에게서 본인의 이름이 알려져 명성을 떨친다면 크나큰 영광이다.

특히 무림에 별로 관심이 없다는 관부. 그것도 황실 친위대인 금의위의 일원이 알고 있다는 사실에 감규목은 자부심 가득한 웃음을 만면에 지었다.

"네 명성은 모른다. 나를 제외한 금의위도 널 모른다."

서교가 고요하게 들끓었다.

"다만 네놈 같은 부류를 구더기라고 칭하는 것은 알고 있다."

감규목의 얼굴이 처참하게 일그러졌다.

第四章

사도우세(邪道優勢)

　"죽어랏!"

　벽력귀수가 장력을 쏘아 냈다. 근처에만 있어도 감전될
것 같은 고압 전류가 흐르고 있었다. 현대로 치자면 스턴
건과 같은 효력을 지녔다.

　"흡!"

　진양이 두 눈을 부릅뜨고 정신을 집중했다. 왼손으로 주
먹을 쥐고 진기를 흘린다. 머릿속으로 사저의 가르침을 떠
올리면서 단경의 묘리를 담아 장력을 후려쳤다.

　"무슨!"

　벽력귀수가 놀란 듯 입을 쩌억 벌렸다.

'일갑자 공력을 가볍게 쳐내다니!'

벽력귀수는 외관대로 나이가 제법 많다. 경험과 노련함
도 대단하지만, 단전에 품은 내공이 상당했다. 그 수준은
일갑자를 넘는 정도라, 얼마든지 일갑자의 공력을 자유로
이 쏟아 내고도 쉽게 지치지 않았다.

그래서인지 벽력귀수의 손바닥 하나하나에 실린 공력은
실로 강맹하다. 이 일격(一擊)을 정면으로 쳐 낸 사람은 정
파, 사파 통틀어도 별로 없었다.

헌데 눈앞의 애송이가 그걸 가볍게 쳐냈다. 공력 대결을
했는데도 표정에 변화가 별로 없었다. 아무리 구파일방 출
신 대제자들이 영약을 밥 먹듯이 쳐 먹는다고 해도 벽력귀
수에 비할 정도는 아니었다.

만약에 진양이 사십 대 혹은 오십 대 수준 정도만 됐다
면 나름 수긍했을 것이다. 그 나이 대에서 일갑자 수준 정
도는 나름 흔한 편이었다.

그러나 진양은 딱 봐도 약관에 막 벗어난 정도였다. 소
년기 시절부터 영약을 밥 먹듯이 먹어도 일갑자를 가볍게
쳐낼 정도의 내공은 나오지 않는다.

"그렇다면 이것은 어떠냐!"

벽력귀수가 맹수처럼 사납게 울부짖으면서 재차 이격
(二擊), 삼격(三擊)을 연달아 날렸다.

손바닥을 내지를 때마다 시퍼런 벼락이 공기를 태웠다. 가까이 가면 잘 익은 훈제 고기가 될 정도로 위험했다.

"어딜!"

진양이 정면으로 벽력귀수와 충돌했다. 벼락의 기운을 담은 손바닥이 날아오는 걸 유심히 지켜보다가 어떤 순간 주먹을 출수하여 무극권으로 그걸 끊어 버렸다.

"허어! 이게 대체……."

벽력귀수는 이게 꿈인가 생시인가 잘 구분이 되지 않았다. 분명 최대로 낼 수 있는 힘을 가해서 뇌음벽력장을 쏘았다. 그런데 그게 어이없을 정도로 손쉽게 박살 났다.

아니, 박살 났다는 표현은 알맞지 않았다. 마치 도중에 진기의 흐름이 뚝 하고 끊어진 느낌이었다.

감정이 생각을 따라가지 못했다. 혼란과 당혹감이 두뇌를 가득 껴안았다.

"무당파에 그런 해괴한 무공이 있다는 것은 듣지도, 보지도 못했다!"

"……."

벽력귀수가 삿대질까지 하며 따졌는데도 진양은 그 궁금증을 딱히 풀어 줄 필요성을 느끼지 못해 답하지 않았다.

'위험해…….'

한편, 진양은 애가 바싹 타들어 갔다.

무극권의 단경을 이용하여 뇌음벽력장을 성공적으로 없애버리긴 했지만 그게 생각대로 쉽지가 않았다.

진기의 흐름을 끊는 것 자체는 괜찮다. 다만 벽력귀수가 가진 내공이 문제가. 워낙 많다 보니 마르지 않는 샘물과도 같았던 진양의 단전에도 살짝 무리가 갔다.

물론 이대로 싸움을 이어가도 내공을 다 소진하지는 않겠지만, 벽력귀수를 죽이고 난 뒤가 문제였다.

이대로 힘을 다 소진한다면 나머지 사도련 무사들을 소탕할 수가 없다. 그게 걱정이었다.

'더더욱 시간을 끌어서는 안 돼!'

초조해진 진양은 양다리에 힘을 주었다. 그러자 대퇴근(大腿筋)이 수축되어 팽팽해지는 것이 느껴졌다.

배꼽 아래, 하단전에서 시작된 내기가 기맥을 타고 허벅지, 무릎, 종아리를 타고 발까지 흘렀다. 하체에 무게감이 덮어지는 게 느껴지자 그는 주저하지 않고 벽력귀수에게 달려들어 장력을 쏟아 부었다.

"흥!"

벽력귀수가 코웃음을 치면서 날아온 장력을 똑같이 맞받아쳤다.

쿠웅

장법의 고수들이 손바닥을 부딪치자 묵직한 굉음이 터졌다.

피이이잉

뾰족하게 잘 벼린 예리한 검날을 금속 철판에 긁는 듯이 듣기 싫은 소음이 울리며 기의 파장이 파도가 되어 음공(音功)마냥 주변에서 싸우던 관병과 사도련 무사의 고막을 찢었다.

"아악!"

"크아아악! 내 귀!"

양측의 무리들 중에서 내력이 약한 이들은 버티지 못하고 그대로 주저앉아 전투불능에 빠졌다.

일류나 절정에 이른 무인들도 잠시 싸움을 멈추고 눈살을 찌푸렸다.

"죽여주마!"

진양이 도사답지 않게 살의 가득한 목소리로 외쳤다.

"너 같이 살기를 대놓고 보이는 놈이 도사라고? 무당파도 이제 다 타락했구나!"

벽력귀수가 조소(嘲笑)를 흘리며 온몸에 내력을 끌어올렸다. 이제야 눈앞의 태극권협이 단순한 애송이가 아니라는 걸 인정한 그였다.

콰르르릉

마른하늘에 날벼락이 쳤다. 자연현상은 아니고 벽력귀수가 일으킨 뇌음벽력장이었다. 아름다운 무공이었다.

벽력귀수가 재 차례 일장을 날렸다. 아까처럼 마찬가지로 무식한 공력이 실린 필살의 일격이었다.

진양은 주름으로 쭈글쭈글한 손바닥을 보고 피할지 받아칠지 고민했다. 피하기엔 너무 빠르고, 받아치기엔 공력이 부담스러웠다.

그러나 고민은 길지 않았다. 진양은 예전에 몇 번의 싸움을 통해서 생각이 너무 많으면 정작 중요한 순간에 방해된다는 걸 깨달았다. 그래서 머리를 굴리지 않고 몸이 가는 대로 움직였다.

'받아친다!'

좌수(左手)를 주먹으로 바꿔서 무극권을 날렸다. 물론 단경을 실어서 진기의 흐름을 끊을 수 있게 했다.

무극권과 뇌음벽력장이 부딪쳤다.

원래 두 무공이 부딪치면 승패는 단연 뇌음벽력장이다.

무극권은 딱히 상승 무공이 아니다. 그에 반면 뇌음벽력장은 극양의 무공으로서 상승에 속한다. 무공의 수준만 보면 무극권은 뇌음벽력장을 결코 이길 수 없었다.

하지만 진양에게는 이갑자에 이르는 규격 외의 내공량이 있었다. 적수하는 무공보다 우수하지 못하면, 비효율적이어도 무식한 수법으로 때려 부수면 그만이었다.

게다가 무극권은 단경만큼은 무시하지 못했다.

그 비의를 얻는 것이 어렵고, 또 쓰기도 제법 성가시나, 진양은 그 천재 사저에게서 맞아가면서 배웠다. 게다가 항상 그 감각을 잊지 않도록 필사의 노력도 잊지 않았다.

사저나 무룡관의 다른 식구들처럼 뛰어난 재능이 없으니 그가 할 수 있는 건 현대인의 특유한 사고방식, 그리고 오롯이 노력뿐이었다.

여하튼간에 어떤 초식을 펼치건 진기의 흐름 자체를 절단하는 단경 덕분에 진양은 자신 있게 무극권을 출수하여 뇌음벽력장과 정면으로 대결할 수 있었다.

"끄아악!"

그리고 정면으로 충돌한 순간에 비명을 지른 건 벽력귀수가 아닌 진양이었다.

"미친놈!"

벽력귀수가 혀를 내둘렀다.

태극권협인가 뭐 시기한 애송이가 어떤 해괴한 무공을 보인지는 벽력귀수도 모른다. 그 역시 무당파에 제법 손을 섞어본 적이 있었지만 일단 검공이 주류를 이루어서 그런지 권법 자체를 경험한 적이 없다 보니 알 수 없었다.

신경이 쓰이긴 했다. 하지만 거기까지였다.

벽력귀수는 초절정의 고수다. 이 경지에 오르면 대충 가늠어도 내공 일갑자 수준은 다들 기본 소양이다.

그런데 벽력귀수는 나이도 제법 많다. 무림인에게 나이는 군대 계급처럼 깡패다. 나이가 많을수록 내공이 많은 건 단연지사. 상식이다. 벽력귀수도 그 상식에 따르는 몸이다. 경지에서 오는 심후한 내공 외에도 오랫동안 내가심법을 꾸준히 해 왔기에 거기에서 나오는 내공도 제법 많았다.

종합해 보자면 벽력귀수는 세간에서 볼 때 무공도 무공이지만 내공도 제법 무식하게 많은 노인이라는 것이다.

그래서 벽력귀수는 이 점을 잘 응용했다.

눈앞의 애송이가 다시 괴상한 수법으로 뇌음벽력장을 쳐내려고 할 때를 노려서 내공이란 내공은 죄다 뽑아내 공력에 실어낸 것. 벽력귀수는 설사 무림팔존이 와도 이걸 정면에 맞으면 살아남기는 힘들 것이라 자신만만했다.

확실히 벽력귀수의 생각대로 혼심을 다한 뇌음벽력장의 위력은 굉장했다. 진양도 반사적으로 비명을 터져낸 것이 그 증거다.

그러나 벽력귀수가 생각하지 못한 것이 하나 있었다.

진양 또한 규격 외의 존재였으니까.

"쿨럭!"

벽력귀수가 피를 울컥 토해 냈다. 내상을 입었는지 바닥에 쏟아낸 토혈(吐血)에는 내장조각이 섞여 있었다.

"뭔······?"

벽력귀수는 주름에 가려진 눈을 부릅뜨며 믿을 수 없다는 표정을 지었다. 마주 보고 있는 진양은 씨익 하고 웃으며 싸늘한 눈빛을 아래로 돌렸다. 벽력귀수의 눈도 자연스레 그 눈빛을 따라 움직였다.

"궈, 권법과······자, 장······법!"

제법 내상이 컸는지 벽력귀수는 말을 제대로 잇지 못하며 힘겹게 말을 토하듯이 내뱉었다. 말할 때마다 핏줄기가 주르륵 입가를 타고 흘렀다.

"어떻게······?"

벽력귀수는 눈으로 보고 있음에도 지금 상황을 이해하지 못했다.

분명 젊은 말코 도사가 혼심을 다한 권법을 날렸다.

도중에 초식이 변하지도 않았으며, 그럴 기미도 보이지 않았다. 정직하다 할 정도로 똑바로 제법 많은 공력을 실은 주먹이 대기층을 부욱 가르며 날아왔다.

그래서 벽력귀수도 도사 놈이 바보같이 생각하지도 않고 자신의 실력에 자만하여 권법만 펼친 줄 알았다.

그런데 아니었다.

진양은 확실히 무극권을 날렸다. 또한 거기에 단경의 묘리를 섞어서 신경도 제법 썼다. 자신이 지닌 비기 중 하나를 숨김없이 드러냈다.

그러나 그건 왼쪽 손에만 해당한다.

그는 좌수로는 무극권을 펼치고, 우수(右手)는 손바닥을 쫙 펼치고 최상승 중에 최상승인 무당파의 장법. 십단금을 펼쳤다.

벽력귀수의 생각, 아니 무림의 상식에서 벗어난 일어난 일이었다.

한 초식을 날린 뒷면 모를까, 동시에 전혀 다른 부류의 무공을 사용하는 건 알다시피 불가능하다.

각 진기의 운용이 다르기 때문이었다.

만약 무공이 아니라 단순하게 주먹질 등이었다면 왼손으로 권법을 펼치건 오른손으로 장법을, 아니 심지어 검술을 펼치건 상관이 없다.

하지만 그게 무공일 경우에는 진기의 흐름이 서로 엉켜 자칫 잘못하면 주화입마를 발생한다.

수학 공식을 예를 들어보자.

문제를 풀기 위해서 어떤 방정식을 사용한다. 그 방정식에는 어떤 답을 내놓기 위한 일정한 방식이 있다.

그러나 거기에 곱셈이나 나눗셈 등의 방식이 갑작스레

진입했다고 생각해 보자. 간단하다. 원래 풀고 있던 방정식은 엉망이 되고, 계산은 뒤죽박죽 변한다.

수학의 공식의 경우에는 처음부터 재차 풀면 나올지도 모르겠지만 무공은 전혀 다르다. 중간에 무언가 이물질이 들어온다면 되돌리기가 힘들다.

무공에서 서로 다른 초식을 동시에 펼치는 건 이처럼 절대적인 실패를 부르는 동작이었다.

하지만 전 무림에서 딱 하나. 상식 외의 무공이 있다.

권법과 장법만큼은 동시에 펼칠 수 있는 신공(神功).

"양……의……신공……."

죽기 직전, 벽력귀수는 나름 후련한 얼굴로 무당의 삼대 신공을 중얼거리며 그대로 절명했다.

* * *

양측 진영의 사투는 치열했지만, 승세는 사도련에게 있었다.

당연했다.

관병의 힘은 관부 자체의 권력과 육십만 대군에서 나온다. 개개인의 힘은 일부 장수를 제외하곤 떨어진다.

황궁에서 기거하는 병사들이라면 그 수준은 제법 나가

는 편이었지만 일부 지방의 병사의 실력은 그럭저럭 이었다.

"으아악!"

"아악!"

사도련에서도 특히 절정 무사는 관병에 있어서는 자연재해였다. 그들이 날뛸 때마다 관병 측은 추풍낙엽처럼 나가떨어졌다.

"어딜!"

하지만 사도련에 절정 무사가 있다면 관군에는 황궁 무예로 무장한 금의위가 있었다. 범중을 필두로 총 일곱 명의 금의위는 대부분 절정 혹은 일류. 금의위를 증명하듯 눈부신 무력을 자랑했다.

그리고 양측 진영에서 단연 돋보이는 건 벽안검화 서교와 벽력귀수 다음으로 강한 거력도 감규목이었다.

"크하압!"

감규목이 우렁찬 목소리로 칼 한자루를 횡으로 그었다.

"흡!"

그를 상대하고 있던 서교는 눈부신 금발을 휘날리면서 감규목의 도격(刀擊)을 검으로 받아쳐냈다.

챙 하고 날카로운 금속음이 전장에 울렸다.

진양과 벽력귀수의 싸움만큼은 아니었지만 절정급의 무

인이 격돌하자 그 광경을 제법 무시무시했다.

가끔씩 근처에 있던 관병이나 사도련 무사가 서슬 퍼런 검날에 스쳐서 상처를 입곤 했다.

'이것이 내외법인가.'

서교는 한창 싸움에 집중하고 있는 도중에도 스스로의 무력에 놀람을 금치 못했다.

무당파에서 진양을 사범으로 삼고, 그에게 내외법이나 그 외에도 여러 가지 무예에 대해서 가르침을 받았다.

그 가르침을 배운지 채 한 달도 되지 않았거늘 효과는 뛰어났다.

특히 내외법만 봐도 그 효과를 절실히 느낄 수 있었다.

서교처럼 황궁 무예만 배웠던 무인은 평소에 기를 방출하고 다녀서인지 진기의 소모가 제법 심했다. 하지만 내외법을 통해서 그 과한 진기 소모를 줄였고, 조정하면서 지구력이 높아져 더 오랫동안 싸울 수 있었다.

"계집 주제에 실력은 제법 봐줄만 하구나!"

감규목이 눈을 번들거리며 말했다.

말하면서도 도는 멈추지 않고 끊임없이 공격을 가했다.

'보통이 아니다.'

감규목은 겉으로는 여유를 부리고 있었지만, 속으로는 제법 애가 바싹바싹 탔다. 생각한 것보다 서교의 무위가 범상치 않았던 것이다.

'황실의 금의위는 강호의 고수들과 견주어도 부족하지 않다곤 했지만, 고작 계집 따위가 이렇게 강하다니.'

초식도 내공도 그리고 총괄해서 무위도 감규목은 서교의 공격 하나하나에 신경을 쓰고 있었다.

긴장을 조금이라도 풀었다간 치명상에 맞아 그대로 절명할 것 같아서다.

"말이 많군!"

쉬지 않고 수다를 떠는 감규목이 마음에 들지 않는지 서교가 고운 미간을 찌푸리면서 목을 찔렀다.

이내 감규목이 이때다 하고 도를 아래에서 위로 올려쳐 찔러오는 검을 튕겨 냈다. 그러고는 곧바로 이번에는 위에서 아래로 내리 그었다.

"큭!"

서교가 급히 뒷걸음질 쳐서 피해 냈다. 하지만 너무 늦었다. 감규목은 둔해 보였지만 생각보다 재빨랐다.

큼지막한 박도가 어깨를 스쳤다. 천자락이 잘리면서 뽀얀 피부가 갈라졌다. 핏줄기가 뿜어져 나오며 허공에 비산했다.

감규목의 입가에 짙은 웃음이 걸렸다.

확실히 서교는 강했다. 가끔씩 날아오는 컴격은 간담이

서늘 정도였다. 그러나 우위에 있는 건 감규목이었다.

"발걸음이 아주 허점투성이야. 보법을 안 익혔구나?"

보법의 부재.

그건 황궁 무예에 있어 치명적인 단점이었다.

알다시피 황궁 무예는 갑옷을 입은 전제로 연구됐다. 그러다 보니 회피보다는 갑옷으로 방어를 높였고, 피하는 건 뒤로하고 공격을 중점으로 했다.

하지만 그건 어디까지나 전시에서나 통용된다. 무림인과의 일대일 승부에선 빛을 발하긴커녕 불리한 점으로 적용됐다.

게다가 불리한 건 그뿐만이 아니었다.

바로 경험의 차이였다.

금의위는 단순하게 황실을 위한 개인 무력 단체가 아니다. 그들은 때로 전시에 편제되는 장수(將帥)이기도 했다.

장수는 단순하게 무력만 높은 무인이 아니다. 그들은 무인이기 이전에 지휘관이다. 지휘관은 무력 외에도 지력(智力) 또한 필수 덕목으로 삼았다.

그렇기에 황궁의 장수는 독도법(讀圖法)이나 혹은 전략(戰略) 등도 공부해야 했다. 그 외에도 지휘관으로서 일정한 관병이 주어지고, 그들을 데리고 훈련도 해야 했다.

당연히 무림인에 비하여 비무나 실전 경험이 적을 수밖

에 없다.

그러다 보니 경지가 엇비슷해도 보법의 부재에, 경험이 압도적으로 부족한 서교가 감규목보다 약할 수밖에 없었다.

'양 사범이 말한 대로 보법의 부재가 이렇게나 영향이 있었다니.'

시간이 갈수록 불리해지는 서교는 살아서 돌아가면 황궁 무고부터 뒤져서 보법을 꼭 익히겠다고 맹세했다.

범중은 시간이 갈수록 초조해졌다.

저 멀리 보이는 서교가 밀리고 있었기 때문이었다.

한시라도 빨리 곁에 찾아가 돕고 싶었지만, 범중 역시 제법 애를 먹고 있었다.

그와 겨루고 있는 사도련 무사도 절정이었는데, 제법 강했다. 또한 범중도 서교처럼 보법의 부재나 경험 부족으로 인해 밀리고 있었다. 결국 금의위 둘과 함께 삼대일로 절정 무사와 싸워야했다.

"하하하! 세 명이라고 뭐가 달라질 것 같으냐!"

사도련 측 절정 무사가 금의위를 실컷 비웃었다.

"네 이놈!"

이에 범중은 울컥 하고 흥분했지만, 상황이 바뀌는 건

아니었다. 도리어 흥분하는 바람에 절정 무사가 한결 싸우기 편해졌다.

"범중! 진정해라!"

동료 금의위가 소리쳤다.

그의 말대로 흥분할수록 좋은 건 하나도 없다.

싸움 중에 적의 도발에 걸려들고, 이성을 잃는 건 패배의 지름길이다.

"크윽……."

범중도 그걸 모르는 건 아니다. 그도 명색의 금의위다. 싸움의 기초 정도는 알고 있었다.

하지만 범중은 정신적으로 제법 지쳐 있었다.

천하의 금의위가 한 명을 상대 못 해서 다수가 한 명을 상대하는 것도 굴욕적이었고, 그가 지켜야 할 상관이자 황족이 위험에 빠졌다는 생각에 머리가 제대로 돌아가지 못했다.

"이때다!"

그리고 결국 범중은 그 흥분 때문에 적에게 공격을 허용해야만 했다. 사도련의 절정 무사는 범중이 잠시 정신을 팔린 순간을 놓치지 않고 검을 찔러왔다.

범중이 아차, 하고 황급히 검을 쳐내려 했지만 이미 너무 늦었다. 그가 비록 금의위이고 경지도 절정이긴 했지만 동수에 이르는 적에게 한 번 틈을 보인 순간 반격하기엔 무리가 있었다.

곁에 있던 금의위도 무언가 잘못됐다는 걸 깨닫고 얼른 껴들어 범중을 지키려고 했지만 그들 역시 반격하기엔 너무 늦은 상태였다.

파앙!

"커억!"

고통스러운 비명이 터졌다. 죽음의 확정된 범중의 것이 아니었다. 검을 날린 사도련의 절정 무사였다.

"양 사범……!"

범중이 장풍으로 절정 무사를 시원할 정도로 단번에 날려 버린 장본인의 이름을 중얼거렸다.

"흐읍!"

그리고 동시에 숨을 들이켰다.

범중은 눈썹 하나 꿈틀거리지 못했다.

전장에 등장한 진양의 분위기가 워낙 달랐기 때문이다. 평소에는 유려하고 부드러운 느낌으로, 무인이라기보다는 도학밖에 공부하지 않은 도사에 가까운 느낌이었는데 지금은 마치 지옥에서 돌아온 수라(修羅)와도 같았다.

"절정이 아직 하나 남아 있습니다. 다른 금의위 분들과 함께 알아서 처리하도록 하십시오."

진양이 살기등등한 기세로 범중에게 말했다.

이에 범중은 감히 거절할 생각을 하지 못하고, 별말 없이 머리를 위아래로 흔들었다. 다른 금의위들 역시 긴장 어린 얼굴로 다른 반응을 보이지 못했다.

"배, 백호께서……."

범중은 그의 기세에 완전히 눌렸지만, 용기를 내서 상관인 서교의 관직명을 중얼거렸다.

"알겠습니다. 제가 최우선으로 구하도록 하겠습니다."

진양은 범중의 뒷말을 듣지 않았는데도 이해한 듯 답하곤 지면을 박차며 뛰쳐나갔다.

"휴우……."

그제야 범중이 안도의 한숨을 내쉬었다.

오직 기세만으로 제한된 육체도 자유를 되찾았다.

"세 명이서 쩔쩔매던 고수를 단 일격에 죽이다니……."

"강한 건 알고 있었지만 저럴 줄이야."

"난 양 사범이 나왔을 때 숨도 쉬지 못했다네."

진양의 뒷모습을 쫓으며 금의위들이 경의, 공포, 혹은 탄성 등의 감정이 뒤섞인 목소리로 각자 한 마디씩 했다.

범중도 기가 질린 얼굴이었다.

그동안 금의위들 입장에서 진양은 처음에 오만방자한 인상이었지만, 차차 시간이 가면서 실력이 뛰어나고 무술을 잘 가르쳐 주는 좋은 사범이었다.

성격도 유들유들한 편이었고, 또한 말할 때 필요한 부분만 말하고 그 외에는 말을 아끼는 편이었다.

그리고 도사답게 딱히 화를 내거나 흥분하는 등 흔들리는 모습을 보이지 않았다.

가끔 보면 사람이 아니라 성인(聖人)은 아닐까 하고 인품 자체도 훌륭했다.

게다가 그는 여태껏 방금 전처럼 살기등등한 모습은 단 한 번도 보이지 않았다. 마찬가지로 폭력적이지도 않았다.

성격도 조용조용한 편이었고 전체적으로 분노나 살기에는 전혀 어울리지 않았다.

심지어 여행 도중에서 점소이가 실수를 해서 음식을 도복 위에 엎질러도 옅게 웃으면서 대인배적인 모습도 있었다.

살의나 살기라는 단어에는 전혀 어울리는 남자.

겉모습만 보면 그다지 강해 보이지 않는 유약한 남자.

그런 남자여서 그런지 분위기가 돌변하자 그 차이가 유난히 돋보였다.

第五章
자아성찰(自我省察)

현대 지구에는 하마라는 동물이 있다.

하마는 팔다리가 짧고, 전체적으로 퉁퉁하여 외양만 보면 제법 온순해 보인다. 하지만 외양과 달리 하마는 굉장히 위험하고 흉포한 맹수다.

실제로 그 흉포성 때문에 현대 지구, 아프리카에서 현지인들이 가장 두려워하며 절대 접근하지 않는 동물이라고 한다.

하마는 건드리지 않아도 아무 이유 없이 공격하기도 하며, 또 약하지도 않다. 늪지대의 악어도 씹어 죽일 정도로 강하다.

매년마다 사망자나 피해자가 발생하고, 어떤 경우에는 전혀 건드리지 않았음에도 하마가 갑자기 다가와 왼팔을 물어 단숨에 잘려나갔다는 유명한 일화도 있었다.

진양은 그런 하마를 닮았다.

외양적으로 보자면 아무런 위험이 되지 않는 사람.

온순하고 유들유들한 성격의 소유자.

그러나 그 속은 하마처럼 흉포했다.

진양은 이미 한 번 목숨을 잃었다. 그 기억 때문인지 생명에 대한 애착이 강한 편이었고, 무공을 배운 이유가 스승인 청솔에게 거둬진 이유도 있었지만 사실은 자기가 조금이라도 오래 더 살아남기 위해서였다.

하마는 자기 영역의 접근을 허용하지 않는다.

진양에게 있어 그 영역 중 하나가 생명의 경계였다.

생애 처음으로 만난 고수, 벽력귀수.

그리고 왼팔을 영영 못 쓰게 할 정도로 강맹한 힘을 보였던 뇌음벽력장.

용봉비무대회 때만 해도 이렇게 위험하지는 않았다.

하지만 벽력귀수는 달랐다. 그의 일격 하나하나가 소름이 끼칠 정도로 무섭고 대단했다. 만약 십단금이 없었다면 죽은 것은 벽력귀수가 아니라 자신이었을 것이다.

그 위협 때문인지 진양의 정신은 가파른 절벽까지 밀렸

다. 만약 태청강기처럼 도가심법이 없었더라면 제정신을 차리지 못하고, 최악의 경우 주화입마에 빠졌을지도 모른다.

다행히 흥분을 가라앉혀주고 마음의 안정을 찾아주는 도가심법 덕분에 진양은 마음을 유지할 수 있었다.

그렇다고 고유의 흉포성이 사라진 건 아니었다.

그는 이미 상처 입은 맹수였다.

삼류, 이류, 일류 할 것 없이 사도련 측의 모든 무사가 위협이었다. 항상 든든하게 자리 잡고 있었던 내공이 반밖에 남지 않아 신경이 잘 벼린 칼날처럼 예리했다.

그런 그에게 자비는 남아 있지 않았다.

앞을 막는 것 모두를 위협으로 간주했다.

"으아아악!"

사도련 측 하위 무사들이 추풍낙엽처럼 나가떨어졌다.

진양은 살기로 번들거리는 눈동자를 빛냈다.

"죽고 싶지 않다면 도망쳐라. 내 앞을 가로막는 자는 모두 죽는다."

"무, 무슨 도사가……."

"저거 정말 도사 맞아?"

사도련 측이 죄다 겁을 먹고 뒷걸음질 쳤다.

절정, 아니 초절정에 근접한 무인이 폭풍처럼 뿜어내는

살기에 일류 무사조차도 버티지 못하고 눈을 피했다.

다들 하나같이 공포 반, 당황 반의 모습이었다.

도사라기보다는 마교의 마두를 마주한 느낌이었다.

'좋아. 먹혔다.'

흉포하게 변한 하마처럼 무시무시한 수라의 모습을 보인 진양이었지만 그는 평소처럼 객관적인 판단을 통해 두뇌를 굴리며 열심히 계산 중이었다.

확실히 벽력귀수와의 생사결(生死決)을 통해 상처를 받고, 꽤나 큰 내력의 소모 때문에 예민해진 건 맞다.

그렇다고 완전히 이지를 상실한 건 아니다. 단지 평소와 달리 분위기와 바뀌었을 뿐, 그 본질은 같았다.

정파, 아니 나아가 무림인으로서 황실과의 관계를 생각하고 일단 일순위로 서교의 보호를 생각했다.

그리고 어떻게 해야 빠르게 그녀를 구할지 고민했다.

삼류라면 모를까 일류까지 섞인 사도련 무리와 싸우는 건 현명하지 않다. 물론 전력을 다해 싸운다면 지지 않을 것이고, 팔이나 다리 하나를 포기하지 않아도 충분히 이길 수 있었다.

다만 아무리 진양이라도 시간이 제법 소모된다는 것. 그렇게 되면 거력도 감규목과 대치하고 있는 서교가 버티지 못하고 죽을지도 모른다.

그 생각에 진양은 머리를 굴려서 대해와 같은 내공을 모조리 방출시키고 사도련 측을 압도시켜 내쫓는 것.

그리고 결과는 성공적이었다.

실제로 사도련 측은 일류를 포함하여 그 아래로 겁을 먹고 옆이나 뒤로 비켜섰다. 길은 열렸다.

마음에 걸리는 것 중 하나가 절정 무사들이었다.

진양이도 아직은 내공만 무식하도록 많지 경지 자체는 절정에 속했는지라, 기세만으로 그들을 제압하는 건 아무래도 무리가 있었다.

실제로 사도련 측에 있는 남은 두 명의 절정 무사들은 곁에 와도 그분위기가 압도되지 않았다.

그러나 다행히 운 좋게도 범중을 노린 절정 무사는 틈을 노려서 장풍을 날려 처리했고, 나머지 하나도 금의위들에게 맡겼다. 이제 방해는 없었다.

감규목은 신이 나도록 박도를 휘둘렀다.

종에서 횡으로, 횡에서 종으로. 다방면으로 초식을 난무하며 칼의 폭풍을 만들어 냈다. 수많은 도격을 쏟아 붓자 서교도 지쳐 갔다. 백옥처럼 뽀얀 피부에도 피로 물들었다.

그리고 감규목은 마지막 일격으로 끝을 장식하려 했다.

하지만 그 일격은 보기 좋게 실패했다. 주먹만 한 돌멩이가 날아와 감규목의 박도를 후려쳐서 방향을 틀었다.

"어떤 새끼냐!"

길고 질긴 싸움을 끝내려는 차, 갑자기 누군가가 초를 치자 감규목은 목이 돌멩이가 날아온 방향으로 돌아갔다.

"뭔……."

감규목이 입을 열었다가 다시 닫았다.

대답을 듣기도 전에 돌멩이를 던진 도사, 진양이 재빠른 몸놀림을 보이며 거리를 좁혀 왔다. 마치 공간을 접듯이 눈 깜짝할 사이였다.

감규목은 소스라치게 놀라면서 손에 쥔 박도를 가로로 그었다. 부웅 하고 다소 무거운 파공음이 울렸다.

휙!

그러나 박도는 애꿎은 빈 허공만을 베었다. 기습을 받은 와중에도 다가온 적의 목을 노렸지만 진양이 예상했다는 듯 허리를 뒤로 팍 젖혀 가볍게 피했다.

'고수!'

감규목이 바짝 긴장하며 뒤로 멀찍이 떨어졌다.

사도련 측 무리를 단신으로 꿰뚫고 온 진양의 미간에 깊은 고랑이 파였다.

'성가신 놈이 또 있다.'

원래는 피한 동시에 일권을 내질러서 치명상을 입히려 했다. 하지만 그 전에 감규목이 놀라서 얼른 뒤로 물러났다. 그 행동이 빠른 편이었는지라 그만 기회를 놓쳤다.

과연 절정은 절정이었다.

"괜찮습니까?"

치명상은 아쉽게 빗나갔지만 그래도 얻은 것도 있었다.

지친 기색으로 위태위태하게 버티고 있던 서교였다.

진양이 감규목을 쫓지 않고 연계를 넣지 않은 건 서교를 구할 수 있어서다. 일단 우선순위는 서교의 안전이었기에, 공세를 포기하고 그녀를 낚아채서 구했다.

"하아……하아……."

서교는 딱 봐도 상태가 좋아 보이지 않았다.

백인답게 중원인에 비하여 피부가 확실히 하얗지만, 출혈이 워낙 심해서 그랬는지 하얀 걸 넘어 창백했다.

눈부신 금발 안에 있는 이마에선 땀이 송골송골 맺혔고, 비 오듯 아래로 쏟아지고 있었다.

흔들림 없던 자세도 완전히 무너졌다.

손에 쥔 검을 지팡이 삼아 몸을 지탱하고, 쓰러질 듯 말 듯 비틀거리고 있었다. 눈 밑에도 검은 기미가 꼈고 굳건하던 벽안도 파르르 떨렸다.

'조금이라도 늦었으면 큰일 났겠구나.'

이미 그녀는 육체적으로 지쳐 있었다. 원군이 올 때까지 정신력으로 버티고 있었을 뿐, 툭 건들면 쓰러질 것만 같았다.

"어떤 새끼냐고 물었다!"

다 잡은 사냥감을 놓친 감규목은 진심으로 분노하며 일갈을 터뜨렸다. 이마 위엔 퍼런 핏줄이 툭 튀어나오고 눈을 시뻘겋게 충혈 됐다. 그 안에 든 동공에는 지옥의 업화보다 뜨거운 열기가 타오르고 있었다.

"무당."

진양이 짧게 답했다.

"이 애송이 새끼가……!"

감규목은 까마득한 후배, 그것도 씹어 먹어도 시원치 않을 정파의 구파일방 놈의 건방진 대답에 화를 참지 못했다.

그렇지 않아도 금의위라고는 하지만 여자와 싸우면서 승부를 오랫동안 내지 못해 약이 오른 상태였다.

'지쳐 있다.'

진양이 반색했다.

벽력귀수 다음으로 성가실 것이라 생각했다. 그런데 생각보다 쉽게 처리할 수 있을 것 같은 기분이 들었다.

실제로 그 예상은 틀리지 않았다.

원래 거력도 감규목은 이번 척살행에서 벽력귀수 다음

으로 무공이 고강한 무인이었다.

또한 감규목은 선천적으로 육감 등 본능적인 능력이 뛰어난 편이라서 전투에도 감각이 있었다. 소싯적에는 투귀(鬪鬼)라는 별호가 있을 정도로 재능이 있었다.

하지만 감규목은 너무 지쳐 있었다.

금의위라지만 이 시대에서 사회적 지위가 한없이 낮은 여인에게 애를 먹은 치욕감 등 여러 요인이 겹치면서 정신적으로 피곤했다. 평소의 그였더라면 경험을 필두로 해서 침착하게 진양에게 대응했을 것이다.

"죽여 버리겠다아!"

전형적인 대사를 입에 담으며 감규목이 날아왔다.

진양이 다리 근육이 힘을 잔뜩 주고 발로 흙바닥을 그었다. 파스슥 하고 발끝에 쓸린 모래와 자갈 더미가 뭉쳐 날아오는 감규목의 면전을 덮쳤다.

"무슨!"

감규목이 눈에 띄게 당황하면서 옆으로 방향을 틀어 바닥을 데굴데굴 굴렀다. 설마 항상 정정당당을 입에 달고 사는 정파인이 비겁하게 눈에 흙이나 뿌리다니, 상상도 못했다.

진양은 회심의 미소를 지으며 예상한 방향으로 제운종을 밟아 흙바닥을 구른 감규목 앞에 서서 공을 차듯이 발끝으로 그의 복부를 걷어찼다.

멈추지 않고 끊임없이 덮쳐 오는 변수(變數)에 감규목은 거의 반사적으로 박도로 하복부를 보호했다.

째앵!

심후한 공력이 실린 걷어 치기가 감규목을 박도 채로 밀어냈다. 감규목이 서 있던 자리의 흙바닥에 쭉 밀린 발자국이 길게 남았다.

거력도 감규목은 강자의 등장에 몸을 부들부들 떨었다. 도에서부터 손목까지 전해져오는 위력에 하마터면 도를 떨어뜨릴 뻔했다.

그리고 곧바로 다음 연계기가 감규목을 덮쳤다. 한 번 막으면 숨을 쉴 틈도 용서하지 않겠다는 듯, 어느새 걷어 차기를 회수한 진양이 오른쪽 주목으로 일권을 내질렀다. 삐뚤삐뚤 어긋남 하나 없는 깨끗한 직선이었다.

"끄악!"

폭풍우처럼 몰아치는 연계 공격에 감규목은 결국 옆구리를 맞고 비명을 흘렸다.

"에이잇!"

감규목이 도기를 겹겹이 싼 칼을 크게 휘둘렀다. 부웅하고 제법 위협적인 도음(刀吾)이 진양의 청각을 자극했다. 이에 그는 공격을 받아치기에는 무리가 있었는지 지면을 튕기며 화려한 공중제비를 보여 회피했다.

그제야 정신없이 쏟아지는 연계기가 잠시 멈추었다.

감규목이 퉤! 하고 바닥에 피가 섞인 침을 뱉어내곤 진양에게 따지듯이 물었다.

"넌 대체 정체가 뭐냐! 무당파의 제자가 하류 잡배마냥 싸운다는 건 들어본 적이 없다!"

어린 나이에 절정의 최상승 경지를 이룬 것도 대단하고 놀랍긴 하다. 하지만 문제는 싸우는 방식이다.

낭인이나 사파인도 아니거늘 흙을 뿌리다니? 기가 찰 노릇이었다.

"들어본 적은 없지만 본 적은 있군."

정파인이라면 죽음보다 큰 모욕에도 진양은 눈 하나 껌뻑하지 않고 담담하게 말장난으로 대답했다.

'하기야, 내 생각에도 난 정파인과는 다르지.'

비록 자신이 정파의 구파일방에 속해 있지만, 스스로도 정파와는 거리가 멀다고 생각하고 있었다.

현대인으로서의 기억, 그리고 거기에서부터 나오는 객관적인 시선과 효율적이냐를 중점으로 두는 사고방식 때문에 차라리 낭인의 무사라고 말하는 것이 더 어울릴 정도였다.

"그러는 너야말로 뭐냐? 넌 사람이냐, 아니면 돼지냐?"

"돼, 돼지라고? 가, 감히! 이 거력도를 보고 뭐라고!"

화가 너무 나서 말도 제대로 나오지 않았다.

돼지는 감규목이 제일 싫어하는 말이다. 보다시피 감규목은 거한에다가 굉장히 둔중해 보인다. 게다가 그는 어릴 때부터 남들보다 컸기 때문에, 종종 돼지라고 놀림을 받은 적도 있었다.

"내 기필코 네놈을⋯⋯흡!"

감규목이 말을 하다가 말고 박도로 다시 하복부를 보호했다. 대화를 하다가 눈치채지 못했지만, 진양이 말을 하면서도 어느새 거리를 좁혀 와서 화살처럼 쏘아져왔다.

'이 간악한 도사 나부랭이가, 또 걷어차기를!'

이젠 진심으로 무당의 제자가 맞는지 의심이 간다.

대화 도중에 공격해 온 것도 그렇지만, 무당파의 절기로 유명한 검공도 아니고 그렇다고 권법이나 장법도 아닌 각법으로 또다시 초식을 펼쳐서 그렇다.

'제법 한 가닥 하지만 이 거력도 앞에선 무소용이다.'

감규목은 확실히 남들보다 몸체가 느릿느릿하지만 눈치만큼은 빠르다. 주로 기습이나 허를 찌르는 공격에 대해선 질리도록 경험이 많았기 때문이다.

애초에 이익을 위해서라면 배신을 밥 먹듯이 하는 사파에서 눈치가 느리면 살아남지를 못한다.

또한 성질 나쁜 사파인들 사이에서 몇십 년간 살아왔던 천하의 거력도가 아닌가? 그들과 싸우다보면 이런 유형의 공격에는 아주 도가 튼 수준이었다.

'흐흐흐. 이제 생각하기도 귀찮다. 좋아, 각법을 막아내자마자 이 박도로 머리통을 단번에 쪼개주지!'

나이에 비해서 무공이 대단하여도 그래 봤자 강호 경험이 적은 약관의 애송이다. 자신이 지치고 화가 났다 해도 애송이를 죽이는 데는 누워서 떡 먹기였다.

하지만.

"헉?"

다시 변수가 화려하게 개화(開花)한다.

진양은 감규목의 눈을 맞추고 똑바로 기습을 행했다.

그의 눈동자는 발끝에서 시작해서, 감규목의 복부를 노리는 경로를 찾듯 시선도 그렇게 움직였다.

감규목은 그 시선을 발견하고 진양의 움직임을 눈치 채고 박도로 방어를 시도했다.

그러나 그 각법, 눈짓 자체가 눈속임. 바로 허초였다.

진양은 어릴 적부터 무룡관에서 기재들과 손을 섞으며 허초와 변초를 연구했다. 한 번 사용하면 그걸 그대로 간파해버리는 기재들을 이기려면 흔히 말하는 '짱구'를 신나게 굴려야했다.

덕분에 허초와 변초에 있어서는 웬만한 고수 뺨을 후려 칠 정도로 능숙하고 대단했다. 그리고 감규목은 그 허초에 시원스러울 정도로 가볍게 넘어갔다.

하복부를 노리고 들어가려던 발동작이 도중에 멈추고 그대로 발걸음으로 전환한다. 내려왔던 오른발이 땅을 밟아 제운종을 보여주었다.

그리고 두 걸음 내디디며 오른손을 쭉 내질렀다. 분경의 묘리를 담은 십단금이 재빠르게 파고들어갔다.

감규목은 하복부에 위치해 있던 박도를 틀어 올리려 했지만, 애석하게도 이미 늦은 상태였다. 올리기도 전에 손바닥이 정확히 흉부를 가격했다.

쿠앙!

손바닥이 신체를 때리는 소리가 아니었다. 마치 둔기가 무언가를 가격한 것처럼 무식한 격타음이 터졌다.

무당파에서 유일하게 패색이 짙은 일격에 맞은 감규목은 그대로 돌이킬 수 없는 내상을 입었다.

흉부에서 시작된 충격은 호수 위에 떨어진 돌멩이의 파장처럼 몸 전체로 퍼져 기맥을 슥 훑고 지나갔다.

그리고 뒤로 찾아온 후폭풍에 감규목은 만신창이가 됐다. 맥이란 맥은 모두 너덜너덜해지고 뼈도 쩌적 하고 금이 가지다 싶더니 이윽고 죄다 박살 나며 잘게 부서졌다.

"쿨럭!"

십단금을 정통으로 맞은 감규목이 내장 조각을 토해 냈다. 시뻘건 피가 폭포수처럼 입 바깥으로 빠져나왔다.

굳은살에 둘러싸인 박도가 스르륵 하고 힘없이 바닥에 떨어지려 했다.

진양은 그 박도를 냉큼 빼앗아 들더니만, 거리낌 없는 손놀림으로 휘둘렀다. 절삭음과 함께 감규목의 머리가 목과 분리됐다.

그는 잘려진 머리를 왼손으로 쥐어잡고 높이 들었다.

"벽력귀수도 죽고, 거력도 감규목도 죽었다! 우리의 승리다!"

"와아아아!"

괴물이나 다름없었던 강자의 죽음에 관병들이 환호했다. 승세가 없었던 상황이었기 때문에, 그들의 사기는 하늘을 찌를 듯이 치솟아올랐다.

"으으으……괴물이다……."

"벽력귀수 어르신도 죽었다고?"

그에 반면 사도련측의 사기는 최악이었다.

고작 한 명. 그 한 명에게 고수가 셋이나 죽었다.

"남은 절정의 무림인도 죽었다!"

설상가상으로 마지막으로 남았던 절정 무사도 범중을

비롯한 금의위에 의하여 목숨을 잃었다.

사도련 측은 벌써부터 싸울 의지를 잃었는지 도망칠 준비를 하고 있었다.

"젠장……저걸 어떻게 이겨?"

"난 도망치겠어!"

남은 숫자로는 아직 사도련이 우세했다. 그러나 고수의 부재가 문제였다. 절정 이상 무인들이 죄다 죽었으니, 벽력귀수를 죽인 진양과 절정 경지에 이르는 금의위를 이길 수 있는 자가 없었다.

"사도련주는 어쩌지?"

"만약 돌아간다면 우린 죽어."

하지만 몇몇은 도주에 부정적인 의견을 보였다.

사도련주는 척살행에 중요성을 몇 번이나 강조했다. 만약 이대로 도망치고 돌아간다면 분노한 사도련주에 의하여 살아남을 수 없을 것이다.

"미친놈! 아무리 사도련주가 무섭다고 자살을 하고 싶지는 않아!"

팔 하나를 잃은 일류 무사가 거부하며 가장 먼저 등을 돌렸다.

그들도 사도련주이 무섭다. 무림팔존의 이름은 그렇게 가벼운 것이 아니다.

하지만 그렇다고 결과가 뻔한 싸움에 껴들고 싶지 않았다. 이젠 과연 무당파의 제자가 맞는지 조차 의심이 가는 수라에게 덤벼들고 싶지 않았다. 확률은 적어도 차라리 사도련을 나와서 도망치는 것이 낫다.

"도망가자!"

결국 사도련이 한 명도 빠짐없이 물러갔다.

"어떻게 합니까?"

고참 관병이 범중에게 물었다. 추격을 하냐는 눈빛이었다.

"어차피 조무래기다. 백호께서 크게 다치셨으니 한시라도 빨리 의원에게 데려가야 한다. 게다가 우리 쪽에도 피해가 만만치 않으니 굳이 추격할 필요는 없다."

범중이 고개를 절레절레 흔들었다.

"알겠습니다."

*   *   *

서교의 부상은 범중의 말대로 좋지 못했다.

물론 사지 중 하나가 잘리거나, 혹은 내장을 흘리거나 하는 수준은 아니었지만 감규목의 박도에 흥부를 베여 거동도 힘들었다.

마음 같아서는 가까운 마을로 직접 데려가고 싶었지만 서교의 상태가 좋지 못하니 그럴 수 없었다.

별 수 없이 비교적 부상이 경미한 관병에게 시켜서 가까운 마을의 의원을 데려오라고 명했다. 다행히도 지도를 확인하니 여기에서 반 시진 거리에 마을이 있었다.

"양 사범. 혹시 응급처치를 할 줄 아는가?"

범중이 진양을 불러 물었다.

무림인은 의원 수준은 아니지만 간단한 응급처치나 치료법, 그리고 해독 정도를 기본 소양으로 익히고 다닌다는 생각이 떠올려 물은 것이다.

"알겠습니다. 그럼 임시 막사(幕舍)를 세워주십시오."

범중의 의도를 파악한 진양이 머리를 가볍게 흔들며 말했다.

과거 무당의 수련동에 있을 적, 의단궁주의 시녀였던 여화에게서 약초에 대한 지식이나 응급처치 등 제법 전문적인 치료법을 적잖게 배운 경험이 있었다.

"빨리 막사를 구축(構築)해라!"

범중의 안색이 환해졌다.

그의 눈으로 보기에 상관의 상태는 위독했다.

만약 여기서 그녀가 죽는다면 황제가 아끼는 후궁인 서후가 슬퍼할 것이고, 그 후폭풍은 아무리 금의위라도 감당하지 못한다. 이 자리에 있는 금의위는 물론이고 죄 없는 관병들까지 목숨을 장담하지 못한다.

물론 황제에 대한 두려움도 있었지만, 범중에게 있어 서교는 좋은 상관이었다. 여자라고 무시하기는커녕 도리어 존경을 담아 충성을 다했다.

막사의 구축은 그다지 오래 걸리지 않았다.

무림인도 노숙을 하지만 막사를 따로 세우진 않는다. 강호를 떠도는 그들은 주로 풀밭 위에 앉거나 눕고, 모닥불을 쬐며 잠이 든다.

그래서 그런지 막사를 세울 생각은커녕, 아예 들고 다니지를 않는다.

하지만 관군은 다르다.

관군은 항상 전시를 가정하고 훈련에 임한다. 전시에 노숙은 일상이다. 전시에는 조금이라도 피곤을 줄이고 체력을 비축하기 위해서 여러 노력을 하는데 그중 하나가 차가운 바람을 막아주는 지붕 달린 집이다.

장거리 이동 중에는 상시로 막사를 만들 재료를 가지고 다니는 건 당연한 일이었으며, 또한 훈련 때 막사 구축을 단련하는 것도 껴있어서 굉장히 빠르게 짓는다.

'시대가 달라도 군대는 군대구나.'

군 시절, 그것도 이등병 때 고참 선임들이 막사를 휘리릭 하고 순식간에 만드는 걸 보고 절로 감탄했다.

명나라도 관병도 마찬가지였다. 범중의 명령을 받은 관병들이 자재를 들고 막사 하나를 짓는데 채 일각도 걸리지 않는 걸 보고 감탄했다.

"이럴 때가 아니지."

잠시 과거를 회상한 진양이 머리를 툭툭 치면서 정신을 차렸다. 그의 시선 아래에는 호흡이 불안정한 서교가 누워 있었다.

막사 내부에는 두 남녀밖에 없었다. 치료에 방해될 것 같아서 사람들을 모두 내쫓았기 때문이었다.

범중은 다 큰 성인 남녀가 아무리 막사라 해도 한 자리에 있는 것을 좋게 생각하지는 않았지만, 의료 지식이 전무한 그로서는 어쩔 수 없이 의견을 따라야했다.

"다친 부위가 부위다보니 별수 없었다고."

진양은 한숨을 내쉬며 눈살을 찌푸렸다.

거력도에게 베인 부위는 흉부. 즉, 가슴이다.

치료하기 위해선 불가피하게도 가슴을 봐야했다. 그것도 옷을 젖히고 속곳을 벗겨 확인해야 했다.

상처 부위를 보지도 못하고 옷 위로 치료한다는 건 화타도 불가능하다.

"후우……어디, 그럼 해볼까."

숨을 크게 들이쉬었다가 내쉬며 진양이 손을 움직였다.

그 손놀림은 아주 조심스러웠다. 혹시라도 다친 부위에 손이 닿으면 어쩌나 싶어서였다.

두근. 두근.

또 뭔 놈의 심장이 이렇게 격하게 뛰는지.

아무리 치료 행위라곤 하지만 의원이 아니라 성인 남성인 진양에게 있어 여자의 생가슴을 본다는 건 충분히 가슴이 뛸만한 일이었다.

진양은 속으로 태청강기의 구결을 외며 가까스로 진정하고, 피 자국이 남은 허리띠를 풀어헤쳤다. 곧이어 앞섶이 풀리면서 상체가 드러났다.

전생에도 여자 손 한번 잡지 못한 불쌍한 인생이었다.

동정이다 보니 여체(女體)라고는 사진이 전부였다.

그런데 설마 교통사고에 죽고, 또 다음 생에 기억을 온전히 갖고 태어나서 여체를 두 눈으로 볼 줄은 몰랐다.

옷을 풀어 헤치자마자 띠용 하고 서교의 가슴이 탄력을 자랑하며 큰 덩치를 내보였다.

"허억!"

누군가 말했다.

가슴은 우주다.

누가 말했는지는 몰라도 정말 공감되는 말이다.

"가슴……우주……진리……태극……."

하마터면 태극을 깨우칠 뻔했다.

그 정도로 가슴을 본 충격은 헤아릴 수 없었다.

'아, 아니야! 내가 이렇게 변태일 리가 없어!'

도연홍, 백리선혜, 서교를 통해서 짐작은 했지만 역시나 자신은 여체, 그것도 가슴을 격하게 좋아했다.

평소에 자랑하던 이성적인 면은 어디다 팔아먹었는지 눈 씻고 찾아봐도 없었다.

"후우……후욱……이럴 때가 아니야. 일단 소독부터 해서 치료해야지."

가까스로 정신을 차리려 했지만 겉으로 보기에는 이미 정상이 아니었다. 호수보다 맑고 잔잔했던 눈동자는 물고기가 헤엄치듯이 격하게 움직이고 흰 자위도 충혈됐다.

"소독. 소독."

막사에 들어오기 전, 관병에게 빌려온 수통(水桶)을 꺼냈다. 그 안에는 물 대신에 술이 들어가 있었다.

쪼르륵

수통을 기울이자 후각을 자극하는 술 냄새가 올라왔다. 하지만 개의치 않고 술을 가슴에 부었다.

'누워 있지 않고 상체를 일으켜서 몸을 숙였다면…….'

남자의 꿈이라는 계곡주를 무의식적으로 떠올리는 진양
이었다.

쪼르르르.

알코올이 들어간 술을 명치 부근부터 시작해서 양옆으
로 흐르며 가슴 전체를 적셨다. 만두처럼 흰 부분도, 그리
고 부풀어 오른 가슴 끝에 달린 과실도 빠짐없이 감싸 안
았다.

"하으윽!"

정신을 잃은 서교가 답지 않게 신음 소리를 흘렸다. 상
처 부위에 술이 닿아 소독되느라 고통을 느꼈을 것이다.

"후우……."

소독 도중에 진양이 과한 심력을 소모한 듯, 굉장히 피
곤한 얼굴로 세상을 다 잃은 듯 크게 한숨을 내쉬었다.

그는 잠시 움직임을 멈추고 고개를 들어 천장을 올려다
보곤 눈을 슬며시 감았다.

'섰다…….'

무언가가.

'천장을 뚫을 뻔했군…….'

산은 산이요

물은 물이로다.

도교의 원천지인 무당산에서 기거한 지도 어언 십 년을

넘었거늘, 자기도 모르게 불교의 경전을 외었다.

'그래. 침착하자. 이건 치료 행위다. 인간은 그저 피와 고기로 이루어진 것에 불과하다. 흥분할 필요는 없다.'

진양이 가까스로 제정신을 되돌리면서 손을 다시 움직였다. 남은 술 한 방울 한 방울까지 가슴 위로 떨어뜨리고, 다른 손으로는 피를 씻겨내기 위해서 가슴을 주물렀다.

"인간은 남자와 여자로 나누니, 그것이 곧 음양이다. 그리고 그중 음은 여자요, 여자는 가슴이다."

생각을 고쳐 잡았다.

"나는 더 이상 내 자신에 대해 거짓말을 하지 않겠다."

여태껏 자기는 도사주제에 성욕을 너무 밝히고, 변태가 아닐까 싶었다. 가슴을 봐도 고개를 꺾어서 피하려 했고, 수련이 부족하는 등의 갖은 변명을 늘어내며 합리화했다.

그러나 그건 잘못된 생각이었다.

"애초에 도사가 여체의 가슴을 피하라는 말은 개파조사께서도 말하지 않았다. 도교에도 그런 말 따위는 없다. 가슴은 우주다. 그리고 가슴은 음이고, 곧 음양이다."

수통 모두를 소비하면서 가슴을 주무르자 피가 대강 씻을 수 있었다. 그리고 그는 정체불명의 철학을 머릿속으로 생각하며 풍만한 가슴을 꼼꼼히 살펴 도상(刀傷)을 찾아 헤맸다.

하지만 위, 아래, 그리고 양옆을 꼼꼼히 살펴봤는데도 도상은 발견되지 않았다.

"그럼 거기인가."

올 것이 왔다.

진양은 고민을 길게 하지 않고 다시 화려한 손놀림을 보였다. 과연 권법과 장법의 고수다웠다.

그리고 경건한 자세를 취하더니만 서교의 왼쪽 가슴을 들고 오른손으로 가슴의 밑 부분을 받쳤다.

'좋다. 솔직히 너무 좋다. 너무 좋아서 뭐라 표현을 할 수가 없다.'

강호에는 진실인지 거짓인지는 모르지만 '이래서 동정은 안 돼.' 라는 말이 있다.

그 말처럼 여체의 신비를 처음 맛본 진양은 흥분을 감추지 못하고, 추하게 콧바람까지 불며 몸을 파르르 떨었다.

세상에, 가슴을 만진 것뿐만 아니라 이렇게나 거대한 것을 들어서 숨겨진 부위까지 찾다니. 그 설명할 수 없는 성취감에 머리가 폭발할 것 같았다.

'소설이나 만화에 보면 주인공은 이런 상황에도 부끄러워할 뿐 아무것도 안 해서 고자랬는데, 그들은 필시 고자새끼가 맞다.'

그 당시엔 진양은 그런 부류의 주인공들을 딱히 나쁘게

생각하지 않았다. 반대로 참을성이 많고 자기 의지가 확고한 성인(聖人)이라 생각됐다.

하지만 정작 자기가 그 입장이 돼 보니 개소리였다.

이건 정말로 참기가 힘들다. 만약 서교가 환자가 아니었고, 또 신분이 높지 않았더라면 당장 이 탐스럽고 대단하고 존경까지 드는 가슴에 얼굴을 묻고도 남는다.

'아, 아니. 그보다 이럴 때가 아니지.'

가슴에 대한 찬양도 좋지만 상황도 상황이다. 헤벌레 좋아하고만 있어선 아니 된다.

이성과 본능 사이에서 왔다 갔다 하는 진양은 다시 의료 행위에 초점을 맞추었다.

가슴 밑 부근, 늑골 부위에 반대쪽 가슴까지 길게 이어진 도상이 보였다.

다행히 치명상이라 할 정도로 깊지는 않았다.

아마 감규목에게 상처를 입고, 지혈을 하지 않은 채 싸움을 길게 끌다보니 빈혈 때문에 기절했을 것이다.

상처 부위를 발견한 진양은 가슴에 손을 떼고, 미리 준비한 지혈제와 금창약을 꺼냈다.

지혈제는 그가 직접 만들었다.

여화에게서 가르침 받은 지식 중에서는 지혈 효과가 제법 뛰어난 약초에 대해서도 있었고, 강호행 중에 간간이 약초를 발견하면 그걸 채집해서 빻았다.

금창약의 경우엔 무당파에서 나올 때 받았다.

참고로 이 금창약의 경우 그 품질이 최상이었다. 구파일
방 정도에서 지급되는 금창약은 죄다 상(上) 이상이었다.

여하튼 다시 왼쪽 가슴을 조심스레 들고, 늑골 부근에
새겨진 도상에 지혈제를 발랐다. 마찬가지로 오른쪽 가슴
에도 똑같이 발랐다.

그 손놀림에는 주저함이 없었다,

"하웃! 하으윽! 하아⋯⋯하아아아⋯⋯."

가슴 밑, 늑골 부위에 손이 닿을 때마다 서교는 오해할
만한 신음 소리를 흘렸다. 다행히 막사 바깥에 경계를 스
는 금의위에게 들리지 않을 만큼 작았다.

'내일 아침 내 속곳은 십 할 중 구 할 이상으로 젖어 있
겠지.'

아래쪽 무언가가 너무 서서 아파올 지경이었다.

여하튼, 지혈제를 다 바른 진양은 꺼내두었던 금창약에
손을 옮겨 다시 밑 가슴에 발랐다.

'사람은 위만 보고 살아가면 안 돼. 밑도 보고 다녀야
지. 때로는 빛보다 어둠이 더 매력적이고 위대하니까.'

이제 무슨 생각을 하는지도 스스로 의문이 들었다.

그 감각은 신기하고, 대단했다.

또한 금창약을 바르는 시간이 조금 지체됐다. 손 위에 묵직한 느낌이 묻어나는 가슴이 워낙 크다보니 상처 부위를 대부분 가렸다.

차 한 잔 식을 시간 정도를 소모하여 금창약을 꼼꼼히 바를 수 있었다.

그리고 난 뒤에는 누워 있는 서교를 부드럽게 감싸 안아서 상체를 조심스레 일으켰다.

"으으음……."

약을 발랐지만 상체를 일으키기에는 아직 무리가 있었는지 서교가 아픈지 얼굴을 찡그리며 다시 신음을 흘렸다.

소리를 낼 때마다 심장이 덜컥 주저앉았다. 본능이 이성을 사정없이 집어삼키면서 행위를 시작하라고 아우성쳤다.

"조금만 참으세요."

막사 안은 어느새 두 남녀의 땀과 열기로 가득했다.

진양도 이마에서 식은땀을 뻘뻘 흘리고 있었다.

'이제 마지막.'

여기서 시간이 길어진다면 금의위고 환자고 자시고 인간으로서 실격이다. 구파일방에서 내쫓기고 사도련이나 마교에 소속될지도 모른다.

"이건 어디까지나 의료 행위이니 오해하지 맙시다."

서교가 정신을 차렸는지, 차리지 못했는지는 몰랐지만 진양은 괜히 양심이 찔려서 몇 번이나 사과했다.

　그러곤 왼손으로 겨드랑이 밑 부분에 넣어 한 손으로 다 쥐기도 힘든 가슴을 부드럽게 잡아 위로 올렸다.

　'의원이야말로 성인이다. 법력을 쌓은 고승도, 도를 닦은 도사도 의원과는 견줄 수가 없다.'

　아무리 의료 행위라고해도 환자에게 성욕을 느끼지 않는다니, 개인적으로 인간이 아니라 초인일 것이라고 이상한 생각까지 하는 진양이었다.

　그리고 왼손을 움직여 밑 가슴을 들어 늑골 부위를 보이게 했다. 또 오른손에 쥔 붕대를 움직여서 상처 부위를 감았다.

　도중에 자세를 바꿔서 오른쪽 손에 쥔 붕대를 왼쪽 손으로 옮기고, 오른손으로 밑 가슴부터 잡아들어 올려 붕대를 감아 상처 부위도 더 이상 피가 흐르지 않도록 압박했다.

　"나는……."

　의료 행위를 무사히 끝낸 진양이 중얼거렸다.

　"여자의 큰 가슴을……좋아한다."

第六章

북경도착(北京到着)

　여러 일이 있었지만 그래도 응급 치료를 무사히 끝낸 뒤, 시체마냥 창백했던 서교의 안색도 제자리를 찾았다.

　그리고 얼마 지나지 않아 관병이 인근 마을에서 데려온 의원 덕분에 전문적인 진단도 받을 수 있었다.

　"크, 크게 다친 건 아닙니다. 아마 피를 너무 흘려 빈혈 증상 때문에 의식을 잃은 것 같습니다. 응급 처치를 워낙 잘하셔서 제가 할 것은 없습니다."

　작지는 않지만 그렇다고 도시가 아니라 마을 수준에서 사는 의원인 노인은 금의위같이 높은 사람을 보는 건 처음 이었는지 계속 눈알을 굴려대며 불안한 모습을 보였다.

그래도 직업 정신 때문인지, 아니면 제대로 진단을 내지 못하면 눈을 부릅뜨고 있는 범중에게 죽을지도 모른다는 생각 때문인지는 모르겠지만 그와중에도 침착을 잃지 않고 진단을 내렸다.

"휴우."

"십 년 감수했어."

상관이 무사하든 말에 서교를 걱정스레 쳐다보던 범중과 금의위들이 그제야 안도의 한숨을 내쉬었다.

"고맙네."

범중이 진양에게 감사를 표했다. 의원이 말한 바에 의하면 그의 신속하고 정확한 응급 처치 덕분에 서교가 구사일생할 수 있었다.

하지만 약간 사심이 들어간 응급 처치 때문인지, 진양은 떨떠름한 얼굴로 괜찮다며 어색하게 웃었다.

"당연한 일을 했을 뿐입니다."

원래는 의원이 왔을 때 상당히 노심초사했다. 아니, 지금도 상당히 애가 탔다. 만약에 의원이 상처 부위 등을 말하게 되면 의원도 아닌 자신이 아무리 긴급 상황이었다고 하지만 가슴을 문지른 등의 행위가 알려질까 봤었다.

하지만 다행히도 그건 괜한 걱정이었다.

의원은 제법 경력이 많았는지 이런 상황에 어찌할지 잘

알고 있었다.

서교처럼 신분이 범상치 않는 여성 환자는 대부분은 진료 부위가 가슴 등 남사스러운 곳일 경우 밝히기를 꺼려하는 편이었다.

물론 그러지 않는 여성도 아예 없는 건 아니었지만 통계적으로 봤을 경우 극히 드물었다.

여하튼 의원은 이와 같은 점을 잘 알고 있고, 배려해서 흉부를 베였다고만 말하고 진료 과정 등은 굳이 말하지 않았다.

진양의 입장에서는 천만다행이었다.

*   *   *

당연한 이야기지만 북경행은 잠시 멈추었다.

이번 사도련 습격에 무사히 승리하긴 했지만 피해가 아예 없는 것은 아니었기 때문이었다.

관병 오십 중 스물이 사망했고, 중상자는 다섯에 경상자는 열 명이었다.

당연히 관병이 죽었기 때문에 가까운 관청에 가서 신분을 알려주고 장례를 치를 수 있도록 고향에 보내기 위해서 여러 행정 처리도 의뢰해야 했다.

게다가 서교는 다행히 정신을 차렸지만, 아직 의원에게 며칠 동안은 한 곳에 머물러서 푹 쉬는 게 좋을 것이라고 권고를 받았다.

　이런저런 일이 겹치다보니 의원이 왔던 가까운 마을의 객잔에 여장을 풀고 휴식을 취했다.

　"양 사범, 그대는 내 생명을 구한 은인이다. 한 사람으로서 진심으로 감사한다."

　서교가 침상에 누워 상체만 일으킨 채로 머리를 숙여 깍듯이 인사했다. 그 자세에서 공손함이 절로 흘러나와 서교가 정말로 고마워하고 있다는 것이 느껴졌다.

　"아니요. 당연한 일을 했을 뿐입니다."

　진양이 어색하게 웃으면서 답했다.

　"아니, 어떻든 간에 그대는 그놈에게 밀리던 나를 도와줬다. 그뿐만 아니라, 응급 처치로 날 구해줬으니 생명의 은인이 맞다. 내 맹세컨대 이 빚은 결코 잊지 않고 갚도록 하겠다."

　서교는 진심이었다.

　만약 감규목과의 혈투에서 진양이 조금이라도 늦게 도우러 왔더라면 목숨을 장담하지 못했을 것이다.

　게다가 응급 처치까지 해 줬으니, 그 고마움은 말로 형용하기 힘들 정도였다.

"후우. 그나저나 병상에서 얼른 일어나고 싶어도 그럴 수가 없으니 답답할 노릇이야."

서교가 고운 미간을 좁히면서 불만을 표했다.

"원래 관청에 가는 것도 내가 가야하거늘."

관병의 사후 처리는 범중이 대신 처리하기로 하여 오늘 관청에 갔다. 가면서 진양에게 서교의 간호를 요청했다.

"그리고……사도련, 그 사파 연합체도 신경이 쓰이고."

서교의 벽안이 서슬 퍼런 빛을 냈다.

'올 것이 왔다.'

무림의 관계자가 겁 없이도 관부. 그것도 최고 권력 기구 중 하나인 금의위를 건드렸다. 또한 이번에 죽을 뻔한 장본인은 무려 황족이었다. 단순한 황족도 아니고, 황제의 후궁의 여동생. 이 문제는 결코 무시할 수 없다.

"하지만 정말 이상하기 짝이 없어. 사도련에 딱히 원한을 가진 것도 아니고, 내가 말하긴 뭐 하지만 난 황실에서도 권력이 전무한 허수아비 황족인데……혹시 짚이는 바가 있나?"

서교는 머리가 나쁜 편은 아니었다. 알다시피 금의위는 일정한 학문도 요구되기 때문에, 어릴 적부터 황실에서 자라며 황궁 학사에게 틈틈이 공부도 배웠다.

하지만 서교는 세상사나 외교, 혹은 정치 등에 대해서는 무지했다. 황궁의 신하에 의하여 정치적 권력 자체를 제한되어 있기에 황족에게 필수로 여겨지는 정치학은 단 하나도 배우지 못했을 뿐더러 거기에 관련되지도 못했다.

그러다 보니 관부나 무림의 연결이 어떤 의미인지 잘 몰랐고, 또 그녀 스스로도 관심이 없어 알 생각도 없었다.

머리의 좋음과 나쁨 관계가 아니라 애초에 그쪽으로 사고방식 자체를 둘 수 없는 것이다.

생각해 보면 당연한 일이다.

만약 그녀가 정치에 빠삭하고, 관부와 무림의 관계도 알고 있었다면 애초에 무당파에 오지 않고 얌전히 황궁에서 금의위나 관병들과 함께 직책에 맞는 일만 했을 것이다.

"그건……."

진양은 사도련이 왜 습격한지 아주 잘 알고 있었다.

사실 서교가 자라온 환경 때문에 특수해서 그렇지 머리가 있는 사람이라면 조금이라도 생각해 봐도 알 수 있었다.

사도련주가 무림 정복을 꾀하고 있는 일, 그리고 적대 세력인 정파가 관부와 접촉한 걸 좋게 보지 않은 일.

기타 등등 이번 사태에 대해서 서교에게 최대한 알고 쉽도록 세세하게 설명해 주었다.

"미안하다!"

이야기를 들은 서교는 진양에게 다짜고짜 사과했다.

미안해하는 얼굴조차도 워낙 아름다웠는지라, 남자라면 누구나 다 그녀가 어떤 짓을 저질렀건 간에 그대로 넘어가 용서해 줬을 것이다.

"내가 너무 멍청하고 생각이 짧았다. 무학에 대한 호기심 때문에 설마 이런 상황이 벌어질지는 상상도 못했다. 생명의 은인에게 빚을 갚기는커녕 폐만 끼치다니!"

서교가 이번엔 허리까지 구십 도로 숙여 사과했다.

그 얼굴에는 어두운 자책으로 가득했다.

"아뇨, 그럴 수도 있지요……예, 그럼요…….."

진양이 다시 괜찮다며 손사래를 쳤지만 어째 말과 표정이 이상했다. 꼭 귀신에게라도 홀린 듯한 모습이었다.

자책으로 가득한 서교의 표정을 보면, 설사 사정을 몰라도 미모에 넘어가서 안타까워했겠지만 진양은 웃기게도 그 얼굴을 보고 있지 않았다.

서교가 허리를 숙이면서 앞섶이 살짝 흘러내려 붕대로 살짝 압박한 가슴이 보여서 그렇다.

"이런 나를 용서해 주다니, 네 아량은 장강(長江)보다 넓구나."

벽안검화 서교는 무인이면서도 한 사람의 군인이다.

군인이 속한 군대는 엄한 규율과 질서 속에 감시된다. 그러다 보니 예의나 마땅히 지켜야 할 도리 등에 대해서 상당히 엄한 편에 속했다. 게다가 황족이다 보니 예법까지 더했다. 은원 관계는 당연히 중시하는데다가, 자신에 대해서도 엄한 편이라서 실수를 용납하지 못했다.

게다가 그녀 본인의 성격이기도 하지만 남에게 폐를 입히는 것을 좋아하지 않는 편이기도 했다.

그런 성격이다 보니, 자신뿐만 아니라 수하 중에서도 그런 행동을 보이면 혼냈고 심하면 벌을 내리기도 했다.

이러한 입장 때문에 서교에게 있어 진양은 마음이 넓은 사내였다.

"그렇게 얼굴에 금칠할 필요 없습니다. 그보다 이제 어떻게 하실 생각이십니까?"

"당연히 황제 폐하께 말씀드릴 생각이다. 금의위를 습격하다니, 그건 곧 황제 폐하에 대한 도전이며 곧 반역이다."

'이렇게 사도련이 끝나는 걸까? 정말로?'

하루 이십사 시간 모두 지정된 일정을 소화하느라, 설사 후궁의 여동생이라도 알현하기는 어렵다는 황제지만 글로써서 보고 정도는 할 수 있을 것이다.

게다가 이번 사태는 반역죄와 직결되는 문제인지라 오래 기다리지 않아도 금세 황제에게 올라갈 터. 전해지기만 하면 사도련의 멸망은 약속되어 있다.

그렇지만 과연 이렇게 허무하게 사도련이 멸망의 끝자락

으로 달려갈지는 의문이었다.

일이 너무 쉬우면 뒤가 찜찜하기 마련이니까.

*　　　*　　　*

사도련.

"크아아아! 실패해? 그 인원을 가지고 실패를 해!"

빛 한 줌 들어오지 않아 어둠으로 가득한 집무실 내.

사도련주의 진노한 외침이 쩌렁쩌렁 울려 퍼졌다.

"죄송합니다!"

쿵!

야율종이 머리를 바닥에 박았다. 어찌나 쎄게 박았는지 이마가 깨져서 피가 흘러 시야를 벌겋게 물들었다.

그러나 그건 문제가 되지 않았다. 야율종은 지옥의 염라보다 무서운 사도련주의 분노에 바들바들 떨었다.

어젯밤.

벽안검화의 척살 부대가 되돌아왔다. 문제는 그 소식이 좋지 않았다. 그냥 안 좋은 수준이 아니라 최악이었다.

목표였던 벽안검화와 태극권협은 물론이고 금의위 전원이 생존했다.

반면 이쪽은 초절정 고수 벽력귀수 뿐만 아니라 절정 고수가 모두 사망했다. 거기에 모자라서 임무를 맡은 부대가 복귀 도중 무사 몇몇이 사도련주의 후환이 두려워서 도주했다고 한다.

　정말로 이보다 최악인 상황은 없었다.

　"도망간 새끼들은 어떻게 됐지?"

　사도련주가 고개를 홱 돌려 야율종을 노려봤다.

　"무, 물론 한 사람도 빠짐없이 잡아놔 옥에 넣었습니다. 지금은 고문을 통해서 사정을 듣고 있습니다."

　"으드득! 죄다 죽고 싶다고 할 정도로 고문을 가하다가 죽여라! 그리고 칠족(七族) 모두를 찾아와서 참수해!"

　도주 자체는 어리석은 행위였다.

　사도련주 같은 사람이 도주자를 결코 용서하지 않을 뿐더러, 마음만 먹으면 중원 밖으로 도망쳐도 찾아서 잡아올 수 있는 능력도 있었다.

　"그 밖에 임무에 참전한 놈들도 죄다 참수해라."

　서교를 습격한 장본인들도 황제가 두려우니 임무에 대해 발설하지는 않겠지만 혹시 몰랐다. 이번 임무만 해도 '만약'이라는 위험 때문에 실행한 것이니 마찬가지로 어떤 위험도 잔재해서는 아니 됐다.

　이후, 사도련의 보이지 않는 어둠 속에서 피바람이 불었

다. 도망자뿐만 아니라 임무의 생존자들도 빠짐없이 참수
됐다. 그들의 가족이나 친분이 깊은 이들도 소리 소문 없이
죽었고 증거 하나 남지 않았다.

"총관. 우리 뇌물을 받는 고위 관리가 있었지?"

"예. 동창(東廠)에 몇몇 있습니다."

무림과 관부가 예로부터 서로 관여를 하지 않지만 그건
어디까지나 대외적인 것이다. 보이지 않는 어둠 속에서 질
척질척하고 음흉한 인맥이 존재하긴 했다.

특히 사도련의 경우 정파나 마교에 비해서 많은 편이었
다. 사파 전체가 워낙 성질이 좋지 않은데다가, 구성원들이
무력이나 권력을 이용해 악행을 저지르는 걸 딱히 제지하
지 않느라 관부와 잦은 마찰이 있었다.

그럴 때마다 사파는 대부분 뇌물을 찔러서 일을 해결했
고, 친밀할 정도로 깊은 인연은 없었지만 부탁할 인맥은 그
럭저럭 제법 있는 편에 속했다.

"그 음흉하고 변태 새끼들과는 웬만하면 관여하고 싶지
않았지만……별 수 없지. 웬만하면 최고위 관리에게 부탁
해서 벽안검화가 올리는 보고를 중간에 처리해라. 황금과
노리개를 아끼지 않아도 좋다."

"명(命)!"

         *   *   *

구름 사이사이 유난히 그 존재감을 자랑하는 보름달이 초승달로 변하고, 다시 보름달이 변하는데 두 번이 지나가자 금의위 일행은 드디어 목적지인 명나라 수도 북경(北京)에 도착할 수 있었다.

'북경. 그리고 황제가 거처한다는 자금성(紫禁城).'

자금성은 베이징 내성(內城) 중앙에 위치한다.

예로부터 중국에서는 천자의 거처가 우주의 중심인 자미원(紫微垣)에 있어 그곳을 기점으로 우주가 움직인다고 믿었기에 이를 상징하는 뜻에서 '자(紫)'를, 황제의 허락 없이는 아무도 범접할 수 없는 공간이라는 뜻에서 '금(禁)'을 사용해 자금성이라 명명했다.

현대 지구의 역사대로라면 이 자금성은 청(淸)까지 이어져, 명과 청 두 왕조 스물네 명의 황제가 이곳에서 통치할 것이다.

전생에서 세계문화유산에 대한 서적에서만 볼 수 있었던 장소, 그것도 명나라 시대에 직접 두 눈으로 볼 수 있다는 현실에 진양은 기묘한 기분이 들었다.

"남북 약 삼백여 장(丈), 동서 약 이백사십여 장의 성벽으로 둘러싸여 있고 그 둘레에 도랑을 파 놓았지. 성벽 주위 네 곳에는 각각 한 개씩의 궁문이 있는데 그중 우리가 들어온 웅대한 것이 정문인 남쪽의 오문(午門)이다."

'어디보자······일장(一丈)은 3.2미터니 삼백여 장이라면 대충 남북으로 구백육십, 동서로 칠백육십팔 인가.'

황제가 주거하며, 동시에 명나라의 중앙이다 보니 신분 검사도 철저한 편이었다. 그러나 벽안검화는 워낙 유명하다 보니 문지기들에게 별다른 의심을 받지 않고 쉽게 통과할 수 있었다.

오문을 지나 궁궐에 진입하는 마차 안, 서교는 자부심 가득한 표정으로 자금성에 대해서 묻지도 않았는데도 주르륵 설명을 나열했다.

성내는 남쪽과 북쪽의 두 구역으로 크게 나누어져 있다.

"남쪽은 공적(公的)인 장소의 바깥부분으로 오문에서부터 북쪽으로 태화문(太和門), 태화전(太和殿), 중화전(中和殿), 보화전(保和殿)이 한 줄로 늘어서 있고, 그 동서에 문화전(文華殿), 무영전(武英殿) 등의 전각(殿閣)이 배치되어 있다."

서교는 답지 않게 살짝 흥분한 기색으로 신나게 설명했다. 평소에는 무뚝뚝하고 감정 표현하지 않는 그녀를 생각하자면 이런 모습은 제법 신선하게 느껴진 진양은 그녀가 정신없이 말해도 굳이 말리지 않았다.

조금 즐거운 듯이 보여서, 진양은 안내를 받는 느낌으로 경청하였다.

그리고 그녀는 그밖에도 여러 건물에 대해서 설명하다가, 무언가 떠오른 듯 탄성을 내뱉었다.

"내가 이럴 때가 아니지. 양 사범, 미안하지만 이제부터는 범중에게 안내를 받아라. 난 언니도 뵈어야하고, 여러 일을 처리할게 있어야하니 부디 이해해 줬으면 좋겠군."

"알겠습니다."

이후, 서교는 궁궐 안쪽으로 몇몇 금의위 함께 모습을 감췄다.

범중의 말에 의하면 서교의 언니이자 후궁인 서후가 여동생에 대한 애정이 제법 있는 편이라 무당행을 떠난 그녀를 심히 걱정하고 있다 한다.

그렇기에 도착하자마자 서후를 위해서라도 그녀가 기거하는 장소에 가야했는데, 문제는 그 장소가 내시나 여인밖에 들어가지 못하는 금남(禁男)의 구역이었기에 당연히 진양은 출입할 수 없었다.

"양 사범은 이쪽으로."

*   *   *

궁궐은 넓었다. 어디가 시작이고 어디가 끝인지 모를 정도로 그 규모는 상당했다.

게다가 난생처음으로 궁궐에 들어온 진양은 주변 풍경을 보면서 절로 탄성을 내뱉었다. 전생에서도 궁궐이라 해도 경복궁 정도였기 때문이었다.

"저건 누구지?"

"옷차림을 보니 궁의 인물은 아닌데……도사?"

궁궐을 돌아다니면서 진양은 제법 눈에 띄었다.

황궁에선 관직에 따른 의복을 입는다. 그러니 당연히 황궁의 옷이 아니라, 도복을 입은 진양에게 시선이 집중되는 것은 당연한 일이었다.

"잠깐, 옆에 있는 자는 금의위다."

"쉿! 입 다물고 얼른 눈을 돌려! 괜히 마주쳐서 기분이라도 상하게 하는 날에는 뼈도 못 추리니까!"

그리고 이내 범중을 발견한 사람들은 호기심 어린 눈빛을 지우고 조심스러운 태도를 보였다. 새삼 금의위의 권력이 얼마나 대단한지 실감하게 된 진양이었다.

약 궁궐 내부를 약 이각 정도 돌아다녔을까, 목적지에 다 도착한 듯, 범중은 한 전각에 들어서서 다시 걷다가 아무것도 없는 횅한 복도에서 멈춰 섰다.

"여긴 어디입니까?"

의문이 들은 진양이 물었다.

"쉿. 목소리를 낮춰라. 양 사범에게 말해줄 것이 있네."

범중은 딱딱하게 굳은 얼굴로 말했다. 표정에서는 긴장감이 묻어났는데, 어째 사도련 습격 때 서교가 위험에 빠졌을 때를 본 것과 같이 무거워보였다.

"이제부터 만나 뵙게 될 분이 계시네. 그분 앞에선 말 하나하나를 조심해야하고 예의를 갖춰라. 결코 그 기분을 상하게 해선 아니 된다."

목소리는 잔뜩 굳고 심각했다. 잔뜩 긴장한 태도가 느껴졌다.

"원래라면 알현하기 전에 너에게 여러 예절을 가르쳐 줘야 하지만, 그분께서 널 빨리 보고 싶다고 하여 그럴 수 없으니 이렇게라도 말하는 것이다."

"휴우. 알겠습니다."

진양도 덩달아 긴장한 모습을 보였다.

권력의 중심지, 황궁.

그리고 그 금의위의 시백호가 조심하라고 하니 분명 이제 만나야 할 사람은 신분이 범상치 않을 사람일 것이다.

"좋다. 부디 어리석은 실수를 하지는 말게나."

자신을 만나기를 원한 '어떤 사람' 때문에 진양은 시선을 어디에 둘지 곤란했다. 그래서 두 손에 열기를 전하는 찻잎을 괜스레 쳐다보았다.

찻잎의 형태는 편평하고, 한쪽 끝이 비교적 날카로워 모여 있지 않고 흩어져 있다.

비취빛 녹색을 띠고 있는 찻잎은 곧바로 서 있고, 활발하고 생동감이 있어서 마치 살아 있는 듯했다.

이 찻잎이 들어간 차는 차 중에서도 으뜸이라 불리는 용정차(龍井茶)였다.

"허허. 내 눈치 보지 말고 어서 들게나."

맞은편에 앉은 노인이 눈웃음을 지으며 권유했다.

노인은 한눈에 봐도 범상치 않은 사람이었다.

귀해 보이는 금색의 비단옷만 봐도 알 수 있었다.

현대의 지구에서 옷의 색 따위는 아무래도 상관없지만, 이 시대에선 신분에 따라 색이 제한되어 있다.

특히 금색을 입을 수 있는 신분은 전체를 통틀어도 소수만 허용되기에 눈앞의 노인의 신분은 그만큼 높다는 뜻이었다.

게다가 옷 따위가 아니더라도 노인이 설령 실오라기 하나 걸치지 않는다 해도 압도되었을 것이다.

희끗한 머리하며 주름으로 가득한 연륜을 보자면 분명 나이는 상당하다. 하지만 풍채가 웬만한 장정과 비교해도 지지 않을 정도로 컸다.

분위기는 마치 전쟁터에서 생을 수없이 보낸 백전노장
(百戰老將)과도 같았다.

"예."

진양은 노인의 권유를 거부하지 않고 한 손으로는 찻잔
밑에 두고, 한 손으로는 옆면을 잡아 예의 바르게 차를 식
도 너머로 넘겼다. 물론 예의 없이 소리를 내거나 하지는
않고, 상당히 절도적인 태도를 보였다.

"호오. 무림인은 몰상식하고 예의 없다고 했는데, 꼭 그
런 것만은 아니로군. 자네는 분명 좋은 사람이야. 자고로
다도를 즐기는 사람 중에는 나쁜 사람이 없거든."

노인이 마음에 든 듯 너털웃음을 흘렸다.

'나중에 무당으로 돌아가면 사부님께 감사 인사를 드려
야겠어.'

어린 시절, 청솔이나 사저인 진연을 보좌하면서 차에 대
해선 이골이 나도록 배운 진양이었다.

덕분에 다도 등 차에 대한 예절이나 자세의 수준은 어딜
가서 욕먹기는커녕 칭찬을 받을 정도였다.

'설마 내가 대영반(大領班) 앞에서 용정차를 대접받을
줄은 꿈에도 몰랐어.'

第七章

호작자미(好爵自縻)

병권, 형권을 모두 가진 황제 독재권의 수족인 금의위.

금의위는 황제의 수족이다 보니, 당연 그 우두머리는 황제다. 허나 그렇다고 우두머리가 없는 건 아니었다.

대외적으로 황제가 금의위를 관리하고, 업무를 행할 수 없는 노릇이니 당연히 금의위의 최고 지휘자도 있었다.

그 관리가 바로 대영반 위정배(慰正盃)다.

"만나서 정말 반갑네. 듣던 대로 나이에 비해서 높은 성취를 이루었군그래."

'도저히 경지를 가늠을 수가 없다.'

대영반은 문관이 아니라 엄연히 무관. 그것도 금의위다.

당연히 무위 또한 적지는 않을 터. 하지만 이렇게나 높을 줄은 상상도 하지 못했다. 초절정이었던 벽력귀수도 그 깊이를 대충이나마 알 수 있었는데 대영반은 마치 무림팔존인 장문인처럼 짐작조차 할 수 없었다.

"자네를 이리로 부른 건 별다른 이유가 있어서가 아니네. 단지 나도 무림인을 접할 일이 없어서 궁금하기도 했고, 임시직이긴 해도 금의위의 무공 사범이 어떤 사람인지는 파악해야 하지 않겠는가?"

위정배는 후후 하고 웃음을 흘렸다.

"내 듣기론 북경에 도착하기 전부터 금의위들에게 무공을 가르쳐줬다고 했는데, 무림인으로서 황궁 무예에 대한 평이 어떤지 말해 보게나."

"그건……."

진양이 뒷말을 잇지 못했다.

황궁 무예를 통해 수준급의 경지를 성취하고, 또 천하의 대영반 앞에서 보법의 부재나 기백 때문에 쓸데없이 진기를 소모한다는 등의 지적을 하기에는 심히 부담스러웠다.

궁궐에 들어선 만큼 이제부터 말을 더욱 조심해야 했다.

자칫 실수라도 했다간 목숨은 물론이고 청솔과 진연에게까지 여파가 전해져 풍비박산 날지도 몰랐다.

그래서 그런지 입이 생각대로 움직여주지 못했다.

"눈치 볼 것 없으니 말해 보도록 하여라."

위정배가 위엄 있는 목소리로 명했다.

"알겠습니다."

진양은 더 이상 군말하지 않았다.

딱 보니 위정배는 무림인이 황궁 무예를 보는 생각을 듣고 싶어 하는 모양이었다. 또한 겉만 보면 일단 위정배는 돌려 말하는 것을 싫어하며, 구구절절한 태도를 마땅치 않게 보는 듯했다.

이런 부류의 사람에겐 차라리 속 시원하게 돌리지 않고 너무 무례하지 않도록 신경 쓰며 직설적으로 말하는 것이 낫다.

"저에 대한 생각은 이렇습니다."

"허어."

무림인이 황궁 무예에 대한 평뿐만 아니라, 그동안 금의 위에게 가르친 것까지 빠짐없이 들은 위정배는 딱히 기분 나빠하지 않았다.

대신 어딘가 모르게 씁쓸한 모습을 보였다.

"어이가 없구나. 말년에서야 깨달았던 내외법이란 걸 무림인은 기초로 삼고 있었다니."

"역시 대영반께서는 내외법을 알고 계셨군요."

진양이 예상한 듯 고개를 한 차례 끄덕였다.

범중의 안내에 따라서 이 방 안에 들어와 위정배를 봤을 때, 그에게서 뭐라 할 정도로의 기도는 흘러나오지 않았다. 그렇다는 건 내기를 바깥으로 방출하거나, 혹은 안으로 갈무리하는 수법을 알고 있다는 뜻이었다.

"아아. 나이를 먹고 일정한 무위를 성취하면 이렇게 되더군. 여태껏 나는 그것도 모르고 나이를 먹고, 알아서 노력하면 저절로 얻게 되는 것이라 생각했네. 그런데 그걸 체계적으로 잡고, 기본으로 삼고 있다니."

위정배가 헛웃음을 내뱉었다.

"허나 보법의 부재만큼은 동의하지 못하겠군. 참고로 우리 황궁에도 보법이 있긴 하네. 다만 과거에 한 번 써보고 그다지 쓸모가 없어서 쓰지 않은 것뿐이지."

금의위를 비롯한 관병 등이 보법을 익히지 않은 이유는 비교적 간단했다.

갑옷의 무게 때문에 거동이 불편하여 보법을 펼치기가 힘들기도 했지만, 일단 관군 자체가 대인(對人)을 대상으로 한 싸움 자체가 별로 없었다.

관군은 한 번 싸우면 몇 천, 몇 만의 대군과 싸우는 전쟁 규모다. 적은 규모도 아주 없는 건 아니었지만, 대부분 황제의 권력에 가려서 전쟁이 아니라면 국내에서 그들에게 감히 검을 들 자들은 몇 없었다.

가끔 치안을 어지럽히는 산적 등이 등장하여 산채와 싸우기도 했지만, 숫자만 밀어붙여도 손쉽게 처리했다.

여하튼 그러다 보니 황궁 무예는 알다시피 대인을 기준으로 한 것이 아니라, 대군(大軍)을 기준으로 진화했다.

대군과 싸우면 그 인구는 적아를 구분하기 힘들 정도로 많았다. 그 사이에서 정해진 발걸음, 즉 보법을 이용하여 공격을 피한다는 것은 너무 비효율적이었다.

차라리 눈 먼 화살이나 검을 피하기 위해서라도 갑옷을 착용해 방어력을 높이는 것이 나았다.

"물론 금의위가 대군만 상대하는 건 아니지. 도리어 업무는 개인을 상대할 때가 많네. 주로 호위나, 혹은 황궁에 침입한 자객과 접촉이 많지."

그럼에도 불과하고 금의위는 상시 대군을 대상으로 한 훈련이 많았다.

"전시에 금의위가 지휘관으로 편제되어서 그렇지 않습니까?"

"호오. 용케 아는군."

위정배가 신기한 듯 진양을 쳐다보았다.

편제라거나 지휘관이라던가, 이러한 지식은 설사 무림인이라 하여도 학식. 그것도 군사학을 공부한 사람이 아니라면 잘 알지 못한다. 조금 모르는 수준이 아니라 개념 자체를 모른다.

물론 진양이 일반적인 평민은 아니긴 하다. 무당파에서 도교학을 공부했고, 무공도 익혔으니 무인이었다.

하지만 그걸 감수해도 이런 부류의 지식은 정파 사파 할 것 없이 아는 사람이 적은 편이었다.

"보면 볼수록 자네는 괜찮은 사람인 것 같아. 그런 자네에게 내 자그마한 제안 하나 할 것이 있네."

"제안……말입니까?"

"아아."

대영반 위정배는 원래 딱히 무림에 관심이 없었다.

중원 무림은 명나라 이전부터 존재했다고 한다. 언제부터 있었는지는 확실하지 않아서 알지 못했지만, 전 왕조였던 원(元) 때도 있었다.

그러나 원나라 시절에도 관부는 무림에 관여하지 않았다. 두 세계는 동전의 앞면과도 같았다. 동시간대에 항상 함께 존재하나 서로를 보지 못하는 관계. 그 역사는 생각보다 깊고 오래됐다.

"그런데 이렇게 직접 보고 대화를 나누니 호기심이 생겼네. 단도직입적으로 말하면 자네가 한 사람이 아니라, 우리 금의위 전체의 사범이 되어줬으면 하네."

"……!"

진양이 깜짝 놀랐다.

만약 이 자리에 위정배를 제외한 다른 관리들이 앉아 있었더라면 벌떡 일어나서 크게 반발했을 것이다.

그야 당연했다.

벽안검화 한 사람이 아니라, 금의위 전체의 무공 사범. 그 의미는 상상하는 것보다 무겁고 많은 의미를 내포하고 있었다.

현대 지구라면 모를까, 이 시대에서 누군가를 가르쳐 주는 스승이란 지위는 중요하고 무겁다.

얼마나 중요하면 군사부일체(君師父一體)라며 임금, 스승, 아버지의 은혜는 같다는 말이 있을 정도였다.

설사 황제라 하여도 태자(太子) 시절 때 곁에서 보좌하고 가르치고, 길을 이끌어주었던 스승에게 예를 표했다.

그만큼 스승이라는 지위는 일반적인 관직보다 높은 편이었는데, 하물며 금위군(禁衛軍)의 스승이라 한다면 관직 중에서도 최고위에 속했다.

"황공하오나, 그건 받아들이기가 어렸습니다. 저따위는 그런 자격이 되지 않습니다."

남들이라면 출세 길이 활짝 열렸다며 냉큼 수락했겠지만, 그건 매우 어리석은 선택이다.

조금이라도 머리가 있는 자라면 위정배의 제안은 겉만

번지르르하고 그 속은 가시밭길이었다.

서교의 경우에는 권력이 배제된 그녀기에 사범이어도 황실에서 권력을 발휘할 수 없었다. 따라서 권력의 암투로 가득한 황실에서도 서교가 뭐하고 지내건 그다지 관심을 주지 않는다. 그녀의 사범에게도 마찬가지였다.

하지만 황궁 내에서도 굴지의 권력을 자랑하는 대영반에게 직접 제안을 받아 금위군의 무공 사범이 되는 건 그 자체로 의미가 많이 달라진다.

일단 신분부터가 상승된다.

관리도 아니고, 평민 자체가 대외적으로 금의위를 가르칠 수는 없다. 아무리 대영반의 제안이라도 금의위 내부에서 평민 따위에게 다른 것도 아니고 무예를 가르침 받는 것은 크나큰 치욕으로 느껴질 수가 있다.

그걸 잠재우고 반발을 막으려면 관직을 줄 수밖에 없는 사정이 발생하는데, 만약 그럴 경우 진양은 더 이상 무림인이 아니게 될뿐더러 황실 내부에서도 새로운 정치 권력자의 탄생에 못마땅해 할 것이다.

"자네가 무얼 걱정하는지는 나도 잘 알고 있네. 그런 점은 내 알아서 처리할 테니 걱정하지 말게."

"알아서라니……?"

"흠. 그래도 납득할 만한 설명은 해 주니 재촉하지 말게나."

위정배가 옅게 웃으면서 설명했다.

설명을 요약하자면 이랬다.

一. 금위군의 사범은 임시적인 지위로서 관직은 주어지지 않는다.

二. 또한 임시직이기에 그 기간은 정해져 있다. 일정한 기간이 지나면 특별한 사정이 아닌 한 황궁을 떠난다.

三. 행동에 제한이 걸린다. 배정된 숙소에서 밖에 지내지 못하며, 황궁에서 지내는 동안 금위군의 훈련 때만 바깥으로 나올 수 있다. 그 외에는 불허(不許)한다.

四. 만남 또한 마음대로 할 수 없다. 특별한 경우가 아니라면 누군가 만날 경우 대영반 위정배의 허가를 받아야한다.

五. 결코 혼자서 황궁 내를 돌아다닐 수 없으며, 대영반 위정배가 지정한 사용인과 함께 있어야한다.

六. 훈련 시에는 상시 대영반 앞에서 해야 한다.

'이 정도라면……..'

말만 들으면 자유를 강탈당하고, 개처럼 일하다가 내쫓기는 모양새였으면 자세히 보면 아니라는 걸 알 수 있다.

위정배가 준비해 준 이러한 조건은 일종의 안정장치였다.

일단 영구하지 않은 임시직의 지위. 그리고 어떤 경우에도 관직을 정식으로 받을 수 없는 경우를 보면 황궁의 여타 관리에게 견제 받을 이유가 없었다.

그리고 행동 제한 덕분에 만약의 상황도 제지할 수 있었다.

아무리 관직이 주어지지 않아도, 황궁 사람들은 금위군의 사범이라는 자에 제법 호기심을 가질 것이다.

몇몇 사람들은 우연을 가장해서 진양에게 접근할 것이고, 그가 평민이라는 점을 이용해서 여러 가지 수작을 걸수도 있었다.

게다가 그들이 서교나 혹은 위정배처럼 친절하다고 장담할 수 없었다. 그중에는 분명 좋지 않은 목적을 지닌 사람도 있을 것이 분명했다.

즉, 이러한 성가신 일을 위정배가 대영반으로 책임지고 보호해 주겠다는 뜻이다.

'이렇게까지 신경을 써준다는 건……금위군 전체의 수준을 높이고 싶다는 건가.'

위정배는 자원봉사자가 아니다.

그가 제시한 여섯 가지 사항을 지키려면 아무리 대영반이라고 해도 상당한 신경을 쏟아야했다.

특히 여섯 번째 항목, 훈련 시에 대영반이 참여한다는 부분이 컸다.

대영반은 동네 지방의 관리가 아니다. 황실 전체의 호위나 순찰 등을 책임지는 자리이다 보니 황제 못지않게 일정이 빼곡하게 차있어 바쁜 편이었다.

금위군의 훈련이라면 필시 한 시진 혹은 두 시진은 될 텐데 그 시간 동안 한 자리에 있겠다니. 상식적으로 왜 이렇게까지 하나 싶어 고개를 갸웃하는 사정이었다.

이와 같은 경우도 조금만 생각하면 알 수 있었다.

위정배는 아마도 금위군 전체의 수준을 몇 단계 상승시키고 싶어 한다. 황제의 독재 권력의 상징 중 하나인 금위군의 수준이 높아진다는 것은 정치적으로도 큰 의미였다.

'하아. 머리가 깨질 것 같구나.'

전생에서도 이런 경험은 많지 않았다. 사회생활이라곤 아르바이트나 군대 수준이었고, 거기에서 이처럼 규모가 큰 정치 등은 존재하지 않았다.

그동안 전생의 기억을 믿고 시련을 타파했던 자신에게 있어 조금 어려운 일이었다.

'냉큼 수락하기엔 힘들다. 하지만 이걸 받으면……황실과의 확실한 인연을 만들어 낼 수가 있다.'

지금까지 사범으로서 일해도 이득이란 그저 서교 개인 수준의 연맥이었다. 하지만 대영반이나 되는 위정배의 제안을 들어준다면 빚을 만들어서 후에 그가 황실에서 반역죄 수준의 죄를 일으키지 않는 한 황실과의 연을 만든다.

'남는 장사다.'

원래는 북경에서 서교를 바싹 가르쳐 주고 무당으로 빠른 시일 내에 복귀하려 했지만, 생각이 조금 바뀌었다.

어차피 자신은 딱히 남과 사귀는 걸 좋아하는 성격은 아니다. 도리어 조금 방구석 체질에 가까워서, 특정한 장소에 박혀서 수련을 하는 편을 좋아했다.

"하오면 그 기간이란 어느 정도 입니까?"

"어차피 오래 있지는 못 하네. 길게 잡아봤자 반년, 빠르면 석 달 정도겠지."

"……알겠습니다. 받아들이겠습니다. 하지만 이건 저 개인이 받을 수 없는 제안이기에, 본산에 서신을 보내 허가를 받아야합니다."

결국 대화 끝에 진양은 임시직이긴 하나 금위군의 사범

이 되기로 마음먹었다.

어차피 이곳 북경에서 최소 한 달 이상은 머무를 것이라 예상했다. 그게 짧게는 석 달, 길어봤자 반년이라면 이건 남는 장사라 할 수 있었다.

다른 누구도 아니라 대영반에게 줄을 설 수 있으니까.

'정마대전도 언제 터질지 모른다. 무당파에 조금이라도 이득이 될지 몰라.'

고아였던 자신을 거둬 주고 무공을 가르쳐 주었던 스승과 어린 시절을 함께 온 사저. 그리고 무룡관의 식구들.

아직 가까운 사람의 죽음을 경험하지 못한 진양에게 있어 그건 무서운 일이었다.

만약 정마대전이 일어나고, 정파가 마교에 패배한다면 그 목숨은 보장할 수가 없다. 만약의 일을 가정하여 대비는 해 둬야 했다.

'정파가 무조건적으로 승리한다고 생각할 정도로 나는 바보가 아니야.'

다른 정파인들 앞에서 이런 말을 했다간 큰 비난과 몰매를 맞을지도 모른다. 하지만 현실은 현실이다.

현 무림은 알다시피 삼분으로 나뉘어져 있고, 서로의 힘은 비슷했다. 누가 승리할지는 알 수 없다.

물론 이것도 어디까지나 장문인에게 허가를 받아야했지

만, 무당파가 회의를 열어도 거부할 확률은 극히 낮았다.

금위군의 대영반이 황제에게도 보고할 생각으로 제안한 것이었으니, 아무리 무당파라도 무시하기는 힘들었다.

"제안을 들어줘서 고맙네. 당연하지만 사범 일을 끝내면 수고비도 챙겨주겠네. 그리고……곤란한 일이 있다면 한 번 정도 도와줄 수도 있네."

"감사합니다. 그럼 어려울 때 부탁드리겠습니다."

진양이 공손히 인사했다. 머리는 숙여서 표정은 보이지 않았지만 눈빛만큼은 예리하게 빛나고 있었다.

수고비는 그다지 중요하지 않다.

대영반이 곤란한 일이 있을시 도와주겠다는 약속.

그 약속이 가장 중요했다.

그래서인지 진양도 겸손을 떨면서 딱히 거절하지 않고, 기억하겠다는 어조로 답했다.

"껄껄껄! 자네, 나이가 몇이 되는가?"

이에 위정배가 웃음을 터뜨리며 물었다.

"올해로 스물셋입니다."

"스물셋? 정말 그렇게 되는가?"

"예."

"흐응. 정말 신기하군. 무림인 중에서 고수는 노화가 느리다고 하여서 자네도 필히 그럴 것이라 생각했네. 청년이라기보다는 산전수전을 겪은 중년과 대화하는 느낌이어서 말일세."

뜨끔!

괜히 대영반 자리에 오른 남자가 아니라는 생각이 들었다. 첫 대면인 데다가 그렇게 많은 대화를 한 것도 아닌데, 몇 마디를 교환한 걸로 진양의 진짜 나이를 얼추 맞췄다.

확실히 이 세계의 도사 진양은 스물 셋밖에 되지 않지만, 전생의 삶까지 합하면 마흔 다섯이 된다.

'보통 사람이 아니다.'

한시라도 빨리 이 자리에서 벗어나고 싶은 진양이었다.

*   *   *

위정배와의 만남은 반 시진이 지나서야 끝났다.

이후, 진양은 배정된 숙소로 향했다.

숙소는 황궁에서 금위군이 묵는 전각의 많은 방 중 하나였다. 오늘부터 행동에 제한이 가니, 평소에는 이 방에서 살거나 혹은 근처 금위군만 쓰는 연무장만 들락날락 거릴 확률이 높았다.

방은 쾌적하고 넓었다. 관심은 없었지만 딱 봐도 값비싸 보이는 문물도 놓여 있었다. 역시 황궁이라는 말이 절로 나올 정도로 화려하고, 좋은 방이었다.

"그럼 전 이만 물러가보겠사옵니다."

또 곁에서 수발을 도와줄 궁녀도 한 명 붙었다.

위정배는 원래 세 명을 붙여주려 했지만, 진양은 그렇게 많이 없어도 괜찮다며 한 명으로 충분하다고 전하여 소흘(蘇屹)이라는 한 명의 궁녀만 두었다.

"하, 도사로 태어난 것도 신기한데 설마 내가 명나라 황궁에 들어와 살게 될 줄은 몰랐어."

방 안에 혼자 남은 진양은 깊게 생각에 빠져 기묘한 기분에 빠지곤 했다.

위정배는 삼 일 정도 휴식을 취하라고 명했고, 그동안은 웬만하면 나오지 말고 부탁할 것이 있으면 궁녀를 시키라 했다. 진양은 흔쾌하게 알았다하며 대답했다.

벽력귀수다, 황실이다, 혹은 대영반이다 뭐니 요 한 달 동안 정신적으로 꽤나 지쳤기 때문이었다.

오늘따라 이상하게 피곤하여, 진양은 잠에 일찍 들었다.

한편, 그가 잠든 동안에는 여러 일이 벌어지고 있었다.

위정배가 황제에게 따로 보고를 하느라 특히 바빴다.

황궁에 들어온 방문객은 모두 확실한 목적이 있어야한다. 만약 목적 외의 행동을 할 시에는 수상쩍다며 조사를 받아야한다.

그러다 보니 진양의 방문 목적을 서교의 사범이 아니라 금위군의 사범이라고 수정을 할 필요가 있었다.

원래라면 어렵거나 성가신 일은 아니었다.

바쁠 필요도 없었다.

그야 그 조사 기관이 금의위였기 때문이었다.

대영반 정도 되면 누가 왔던 간에 방문 목적을 살짝 바꿀 수 있었다. 권력의 힘이었다.

허나 진양의 경우에는 달랐다. 그의 방문 목적은 결코 작은 것이 아니었다. 허투루 볼 수가 없었다.

알다시피 황족의 사범이라는 건 중요한 일이었고, 황궁 내에서 모두가 눈여겨보는 방문 목적이었다.

게다가 이번 일은 후궁의 부탁으로 조금 독단으로 승낙해 준 것인지라 황제도 조금 신경을 쓰고 있었다.

그렇기에 아무리 친 황제파의 대표이며, 현 황제에게 신뢰를 받고 있는 신하라도 말하지 않을 수가 없었다.

위정배는 진양에게 걸어둔 제한 등을 거론하면서 금위군에 사범이 있으면 좋겠다며 황제에게 보고했다.

원래라면 바쁜 하루를 보내고 있는 황제에게 보고를 올리려면 한 달 이상은 족히 걸리지만, 황족의 호위를 전담하는 금의위이자 황제의 호위도 할 수 있는 대영반이라는 지위 덕분에 곧바로 전할 수 있었다.

보고를 전해 들은 황제는 흔쾌하게 승낙했다.

금위군의 전체 병력이 강해지고, 그 권력이 높아진다는 것은 곧 황제의 권력도 좋은 영향력을 끼친다는 뜻이었다.

거부할 이유는 없었다.

또한, 특급으로 보낸 전서응(傳書鷹)을 통해 전해진 진양의 서신 또한 무당파에 잘 도착했으며 곧바로 답신도 왔다. 당연하다시피 금위군의 사범을 허가한다는 말이었다.

따로 온 청솔의 서신에선 이 일 때문에 제법 회의가 많았고, 길었다곤 하지만 어차피 임시직이기도 하고 황제가 지지한다는 내용을 듣고 거부할 수는 없는 노릇이었는지라 결국 승낙했다고 한다.

그리고 황궁에 들어오자마자 헤어졌던 서교에게도 많은 일이 있었다.

친언니, 서후와의 만남은 문제없었다.

외지에서 하나밖에 없는 인종이자 핏줄인 여동생을 아끼는 서후는 서교를 보자마자 그녀를 몸을 껴안았다.

참고로 이 당시에도 서교는 아직 사도련에게 당한 것이 다 낫지 않아서 붕대로 감은 상태였다.

그러나 무림이건 황실이건 간에 원래 이 시대의 여성은 피부 노출을 극도로 피했기 때문에, 의복 착용으로 다친 흉터 부위가 보이지 않았다.

"흑! 어디 별일은 없었니? 난 네가 잘못되진 않나 싶어서 밤잠도 제대로 이루지 못했단다."

서후는 마치 십 년 동안 떨어진 가족이 상봉하는 듯한 반응을 보였다. 남들이 보면 오해할 상황이었다.

"언니, 저는 아무 일도 없었습니다. 걱정이 너무 과하십니다."

천생무인으로 잔인한 광경을 봐도 눈 하나 깜짝하지 않는 서교에 비해 언니인 서후는 성격이 유약한 편이었다.

작은 일에도 깜짝 놀랄 정도로 겁이 많은데다가, 쓸데없이 걱정이 많고 내성적이었다. 눈물도 많은 편이었다.

하지만 신기하게도 생존성 하나 만큼은 뛰어나고, 머리 자체도 비상한 편에 속했다.

만약 남는 게 백인 특유의 외모밖에 없었더라면, 후궁들 사이에 있는 암투에 떠밀려서 살아남지 못했을 것이다.

여태껏 별다른 문제없이 살아 있고, 또 황제의 곁에서 계속해서 예쁨을 받고 있다는 사실은 무언가가 있다는 뜻이었다.

그렇기 때문에 서교도 언니를 나쁘게 생각하거나, 우습게 생각하지는 않는다.

성격 자체가 유약하고, 마음이 약한 편인 게 흠이긴 했지만 일단 자신이 어린 시절부터 어머니 대신에 키워주기도 했기에 도리어 존경하는 편에 속했다.

'사도련에게 습격을 받은 건 언니에게 비밀로 하자.'

서교는 언니에게는 일부러 말을 아꼈다.

자신을 아껴주고 사랑해 주는 언니의 마음을 어지럽히고 싶지 않아서였다.

차라리 황제에게 보고한 뒤에 언니에겐 비밀로 하고 알아서 사도련을 처리하는 편이 좋았다.

황제도 특히 아끼고 사랑하는 후궁이 우울해하거나 우는 모습은 보고 싶어 하지 않을 테니 말이다.

자매의 우애(友愛)가 깊은 건 좋았다. 하지만 이런 배려는 그다지 좋은 결과를 보여주진 못했다.

서교는 제법 오랜 시간 동안 떨어진 서후를 위해서 그녀와 며칠간을 함께 했고, 사도련 습격을 황제에게 알리기 위해서 보고서를 올렸다.

하지만 보고서는 황제에게 올라가지 못했다. 닿기도 전에 어떤 손에 의하여 화염 속으로 던져져 흔적도 없이 모습을 감췄다.

第八章

금위사범(禁衛師範)

　이튿날, 황궁에 바람이 불었다. 산들바람 같은 것이 아니라 거센 폭풍우였다.

　하기야, 금위군에 무당파 도사가 신임으로 무공 사범에 임명됐다는 것이 가벼운 안건은 아니었다.

　외부에서 온 인물이, 그것도 대영반의 부탁으로 인해 사범 자리에 앉은 것은 아무리 정식 관직이 아니어도 논란을 일으키기에는 충분했다.

　덕분에 대영반도 죽을 맛이었다.

　적대 세력의 반발 때문에 하루 종일 회의에 나가서 이리저리 언성을 높이며 다투었다.

특히 예상대로 금의위의 '금' 자만 들어도 혐오하는 동창의 환관 때문에 골치가 아팠다.

당연한 이야기지만 오랫동안 공존할 수 없었던 적대 세력이 전력을 높이겠다는 것도 성가시긴 했지만, 애초에 동창은 어떤 일이건 간에 금위군이 하는 일에는 사사건건 걸고 넘어졌다. 딱히 무엇을 잘하던 잘못했던 간에 견원지간처럼 앙숙인지라 시비조로 싸움을 걸어댔다.

허나 그럼에도 불과하고 유리한 건 위정배였다.

현재 명의 권력은 다른 곳이 아니라 황제에게 독점되어 있다. 지금의 황제가 워낙 유능한 걸 넘어 역대 황제 중 최고라 불리는 정도인지라 중앙을 집권하고 있었다.

황제 입장에서 금위군의 전력 강화는 이 독재 정권을 보다 빛나고, 굳건하게 만드는 역할은 하는지라 금위군 측을 지지하였다.

게다가 그 외에도 장군이나 장수 등, 무관 전체가 쌍수를 들고 좋아하는 편이었다.

물론 금위군만 전력을 강화한다는 사실이 차별하는 것 같아 그다지 달갑지는 않았다. 그러나 금위군 전체도 황족 직속이긴 하나 무관에 속하는지라, 황제가 무관에 관심이 많아지면 자신들의 대우도 자연스레 높아진다고 생각하여 지지하는 편이었다.

그렇게 황실의 정치계는 하루하루 논란 가득한 폭풍을 일으켰지만, 정작 그 장본인인 진양은 정치와는 무관한 생활을 하고 있었다.

*　　　*　　　*

　　황실의 정치계가 전란의 폭풍으로 물들이건 말건, 진양은 일단은 금위군의 사범이 되었기에 자신의 임무를 실행하기 위해서 그 이튿날부터 금위군의 훈련에 참여했다.

　　다만 첫날에는 조금 거리감이 있는 장소에서 그들이 평소 어떤 훈련을 하는지, 그리고 수준은 어쩐지 파악하기 위해서 정찰이라는 느낌으로 나왔다.

　　"저 도사가 소문으로 듣던 무당파의 진양인가."

　　"쉿! 목소리를 낮춰라. 대영반께서도 그에게 예우를 갖추라 했으니, 만약 걸렸다간 엄한 벌을 받을지도 몰라."

　　금위군은 전체적으로 진양에 대해 회의적이었다.

　　서교나 범중 등도 그랬지만, 첫 대면으로 봤을 때 진양은 그다지 믿음직스러운 인물이 아니었다.

　　키는 제법 큰 편이긴 했지만, 그다지 다부지지 않을뿐더러 도리어 유약한 인상이었다. 게다가 전체적으로 무인이라기보다는 학사에 가까운 분위기를 풍겼기도 했다.

"대영반께서 벌써 한 가지 사항을 지키지 못하셨는데……."

진양이 그 광경을 지켜보며 쓴웃음을 지었다.

원래 훈련 때는 위정배가 자리에 있어야했다.

하지만 정치계의 파란이 워낙 논란이 많다 보니, 바쁜 나머지 어젯밤 진양에게 미안하지만 혼자서 참석하라는 말을 전했다. 아무래도 당분간은 홀로 있는 시간이 많을 듯했다.

"반갑소. 오늘 양 사범을 안내할 천호(千戶) 관창(關槍)이라 하오."

대신에 안내자가 붙었다. 기골이 장대한 중년인이었는데, 제법 칼 밥 좀 먹었는지 얼굴이나 팔, 다리 등 흉터가 눈에 띄었다.

"반갑습니다. 무당파의 사대제자, 양 사범이라 합니다. 무림에선 태극권협이라고 불립니다."

진양이 포권을 취해 예의 바르게 인사했다.

천호는 정오품에 해당되며, 금위군 내에서도 열네 명밖에 없는 높은 관직이다.

'후. 이런 애송이가 사범이라니, 대영반께서는 무슨 생각인지.'

관창은 미간을 찌푸리며 대놓고 불편한 기색을 보였다.

천호나 된 자신이 자식뻘 되는 애송이에게 무언가를 배워야한다는 것 자체가 크게 자존심이 상하는 일이었다.

그러나 며칠 전, 대영반이 이 도사에게 사범으로서 예우를 다하고 엄중히 명을 내렸기 때문에 대놓고 그를 무시할 수는 없는 일이었다.

마음 같아선 구석에 처 박혀 있으라고 으름장이라도 내고 싶었지만, 그럴 수 없는 노릇이니 불편해도 꼬박꼬박 하오체로 예의를 갖출 수밖에 없었다.

"궁금한 것이 있다면 언제든지 물어보시오. 성심성의껏 대답해 주겠소."

관창의 표정에선 '귀찮으니 웬만하면 묻지 말라.' 라는 느낌이 대놓고 묻어나고 있었다.

"알겠습니다."

'이거. 군대 때의 초임 장교가 생각나는데.'

지금 상황을 보니 전생의 일이 생각났다.

상병 때에 있었던 일이었는데, 소대장으로 이제 막 임관한 소위가 전입해 온 적이 있었다.

참고로 계급이 높다 해도, 군대에서 초임 장교는 병사들에게 조금 무시 받곤 했다.

이는 경험의 차이 때문이었다.

장교라고 해도, 이제 막 군 생활을 한 것이기 때문에 이

병처럼 어리바리한 모습을 보이거나 잦은 실수를 했다. 경험이 적다보니 당연한 일이었다.

그러나 이러다보니 고참 병사들에게 소위 말하는 '짬'이 낮다는 이유만으로 우습게 보이는 경향이 있었다.

진양도 그때 당시에는 장교가 초임이라고 하여, 조금 무시했던 일이 있어서 그 장교에게 미안한 마음이 들었다.

'허! 전역한지 십 년은 가볍게 넘었는데, 아직도 군대 생각이 떠오르다니……'

대한민국 사회에서 남자는 나이를 얼마나 먹어도 군대 얘기를 한다더니, 그게 진짜인 듯했다.

전혀 다른 문화, 언어를 사용하는 세계에 전생했는데 군대 생각이 떠오르다니, 군대가 얼마나 지독한 곳이었는지 상기하며 부들부들 떠는 진양이었다.

여하튼, 이처럼 금위군 전체의 사범이란 직책에 있어서 그런지 천호라는 관직에 앉은 관창도 진양에게 함부로 대할 수 없는 입장이었다.

"평소에 어떤 훈련을 하는지, 그리고 또 기초적인 무공에 대해서 가르쳐 주시겠습니까?"

"알겠소."

관창은 탐탁지 않는 표정을 지으면서도 상세하게 설명해 주었다.

'벽안검화나 범중이 보여 준 것과 다르지 않군.'

갑옷을 중시로 한 움직임, 그리고 내외법을 익히지 않고 기백 때문에 쓸데없이 진기의 소모를 보이고 있었다.

'또 정파보단 사파에 가까운 실전을 중시하고 있어. 게다가 파훼식이 존재하지 않는다.'

파훼식이란 건 가볍게 말해서 어떤 초식에 대항하는 방법을 말한다.

무공에서 완벽이란 건 존재하지 않는다. 당연히 어떤 파훼식이 존재하며, 그 틈을 노리면 초식을 붕괴할 수 있다.

무극권의 단경 같은 경우가 그 파훼식의 연장선이라 할 수 있었다. 초식의 외적인 길을 깨뜨린다기보다는 진기의 흐름 자체에 관섭하여 강제적으로 끊는 것이 단경에 속했다.

'내외법부터 가르쳐 줘야겠다.'

군부의 무공에 파훼식이 거의 없는 것에는 이유가 있다.

애초에 집단전을 주로 하는 군병들에게는 잡다한 무공 초식이 크게 필요가 없었다.

예를 들어 백여 명이 진형을 갖추고 있다고 해 보자.

좌우에 동료인 군병이 존재하기 때문에, 검을 크게 휘두를 공간조차도 없는 것이 보통이다.

게다가 난전에 들어간 상황에서는 변초나 허초 같은 적

의 눈을 속이는 무공 초식은 필요가 없었다.

더 빠르게. 더 강하게. 그리고 더 날카롭게.

때문에 군부의 무공은 살인을 위한 간결하고 깔끔한 무공일 수밖에 없는 것이다.

그런 특성을 파악한 진양은 내외법을 제대로 가르쳐 금위군의 전력을 상승시킬 계획을 머릿속으로 짜내었다.

*　　　*　　　*

이튿날.

어제는 금위군의 대략적인 수준을 파악한 진양은 본격적으로 그들을 가르치기 위해서 전면에 나섰다.

바쁜 하루를 보내고 있는 위정배도 이번만큼은 참석하여 그를 소개했다. 원래는 신임 관리가 들어왔다며 금의위끼리 모여 연회를 열어 친해지라고 했겠지만, 진양의 경우 정식 관직이 아닌 임시직인지라 그런 건 열리지 않았다.

참고로 진양이 가르쳐야 할 인원은 약 천 명이었다.

금의위가 약 백에 속했으며, 나머지 구백은 일반 병사였다.

원래는 금위군 전체의 사범인지라 다 가르쳐야 했지만, 금위군의 숫자는 약 만 명이었다. 현실적으로 한 사람이만 명을 다 가르치는 것은 무리가 있었고, 황궁의 수호 업무로 인해 전부 다 가르치면 근무자에 공석이 생기기 때문이었다.

그래서 금위군 중에서도 정예만 추려내서 약 천 명을 가르치기로 했다. 물론 천 명 역시 많은 편에 속한 편이었다. 이들을 가르치려면 제법 많은 시간을 공들여야할 것만 같았다.

진양은 일단 백한 명의 금의위부터 먼저 가르치기로 했다.

현대 지구로 치자면 장교와 부사관으로 이루어진 백여 명의 금의위에게 가르치면, 알아서 밑에 있는 수하를 훈련시킬 것이다.

모인 이들은 근위군사에 속하며 정칠품직인 소기(小旗) 사십, 철기병력인 총기(總旗) 이십, 정육품직의 무장병력인 시백호(試百戶) 이십, 군관인 백호(百戶) 십, 정오품직인 부천호 십, 마지막으로 천호 관창을 포함하여 총 백하고도 일(一)명이었다.

그 위로의 관직은 인원이 각각 두 명밖에 없는지라 업무 때문에 바빠서 당연히 참가할 수가 없었다.

진양은 천 명 중에서 병(兵) 출신으로 이루어져 있는 나머지 금위군에게는 평소와 같은 훈련을 시키고 금의위만을 따로 모여서 훈련을 시행했다.

'어디보자……역시 생각대로 불만투성이구나.'

진양이 눈앞에 나열한 금의위를 보고 쓴웃음을 지었다.

과연 정예 중의 정예. 개개인이 무력이 상당해 보였다. 또한 그 기세도 웬만한 무림인과 비교해도 지지 않을 정도로 대단했다.

그리고 예상한대로 다들 하나같이 불만투성이인 얼굴이었다.

이 시대는 철저한 계급사회. 신분이 곧 전부이다.

그러다 보니 금의위 전체는 평민인 데다가, 나이도 많지 않아 보이는 애송이에게 가르침을 받는 것이 관창과 같이 탐탁지 않는 모습이었다.

"대영반께서 말씀했다시피 당분간 금위군의 무공을 전담할 사범 진양이라고 합니다."

"……."

금의위들은 딱히 답하지 않았다. 여전히 불만으로 가득한 모습이었다.

만약 곁에 대영반이라도 자리에 있었더라면 답하는 시늉이라도 했겠지만, 소개가 끝낸 뒤에 위정배는 동창과의 씨름 때문에 오늘도 자리에 없었다.

괜히 위정배가 진양에게 제안한 항목 중에서 자신이 참

관한 자리에서 훈련을 하는 것이 아니었다.

위정배가 없다면 아무리 무림의 명문지파인 구파일방의 고수라하여도 평민에 불과한 진양의 말을 귀담아 듣는 사람은 없었다.

"됐고. 뭘 가르칠 생각이오? 우리도 바쁘니 빨리빨리 해 줬으면 좋겠소."

관창이 짜증 가득한 어조로 말했다.

'아무래도 이건 초반부터 기강을 제대로 잡아야겠군.'

진양이 피식하고 웃음을 흘렸다.

과연 군대는 어느 세대건 변하는 것이 없다.

전생처럼, 이제 막 초임으로 들어온 장교는 병사들에게 우습게 보이지 않기 위해서 기강을 잡으려한다.

만약 그러지 않으면 어떤 말을 해도 병사들이 잘 듣지 않을뿐더러, 심하면 우습게 보이는 큰 치욕을 삼는다.

게다가 진양의 입장에선 자존심 문제뿐만이 아니다.

만약 금위군의 그의 명령에 불복종한다면, 훈련에도 큰 차질이 생긴다. 무공을 가르쳐도 불손한 태도로 나오며 그냥저냥 하다가 결국 훈련의 성과도 지지부진 할 터. 하루라도 빨리 무당산에 복귀하고 싶은 진양의 입장에선 좋지 않은 일이었다.

"금의위 분들께서 절 막 대하는 것은 좋습니다."

진양의 표정이 차갑게 굳었다.

"그러나 훈련만큼은 믿고 따라오셔야 할 것입니다. 그렇지 않으면 금위군의 수준을 높이는 건 불가능합니다."

그러자 금의위 대다수가 얼굴을 일그러뜨렸다.

하늘같은 대영반이 초청한 사범이라 하여도,

"흥! 도사 나부랭이 따위가 뭘 할 수 있단 말이오?"

금의위 중 누군가가 이죽거렸다. 이는 크게 무례한 행동이었지만, 이 자리에 있는 어느 누구도 반발하지 않았다. 도리어 반 이상이 긍정하듯이 고개를 주억거렸다.

이에 진양은 말을 꺼낸 금의위에게 시선을 돌린 뒤, 깊게 한숨을 내쉬었다. 그러곤 가볍게 발을 굴렸다.

쿠웅!

"뭐요? 실력 행사를 하겠다는……흡!"

관창이 기다렸다는 듯이 나서려다가 헛바람을 들이켰다. 그러곤 황급하게 허리춤에 매달린 검으로 손이 향했다. 백 명의 금의위도 자세를 풀고 경계에 들어섰다.

"언제나 느끼지만 저건 정말 무섭군."

그 광경을 뒤에서부터 지켜보던 범중을 포함한 금의위 일곱이 중얼거렸다. 그들은 서교를 따라 무당행에 참여했던 이들이었다.

"앞으로 가르칠 건 이처럼 내기를 자유자재로 다스리는

법입니다."

열 마디보다 한 번의 행동을 보여 주는 것이 좋다는 말이 있다.

이처럼 말만으로는 누구나 할 수 있으니, 직접 나서서 행동을 보이는 편이 남을 설득하는 것에 효과가 있었다.

발을 굴러 거대한 기의 파장을 날린 진양은 주변을 다시 슥 훑어봤다.

구십여 명이 넘는 금의위들이 하나같이 식은땀을 흘리며 당장이라도 달려들 자세를 취하고 있었다.

반면 천호인 관창을 필두로, 절정 이상을 넘어 초절정에 가까운 금의위들은 딱히 움직이진 않았지만 경악 어린 시선으로 진양을 쳐다보고 있었다.

'어휴. 꼭 광대라도 된 것 같구나. 실력 행세가 제일 편한데…….'

무력 집단 어디든 똑같다.

설사 금의위가 관직이 높다 하여도, 그들은 천생 무인. 즉, 지닌 힘에 따라서 인정받는다. 문관이라면 모를까 무관은 아무리 관직이 높고 인맥이 넓다하여도 무위 자체가 낮다면 무시받기 일수였다.

다른 말로 해석하면 무력이 충분하다면, 아무리 관직의 차이가 있다하여도 인정받을 수 있다는 뜻이었다.

이를 보여주기 위해선 폭력 행위가 제일 좋지만, 솔직히 백 명이 보는 앞에서 싸움하기엔 조금 묘하기도 했고, 사범의 입장이라 해도 관직이 상당한 금의위를 폭력으로 다스리기도 부담스러웠다.

그래서 진양은 무당산에서 서교 일행과의 첫 만남 때처럼 기파를 흘려서 본신의 무위를 보여주었다.

그것도 적당량이 아니라, 백 명 모두에게 전해질 수 있도록 최대한의 내력을 소모하여 전력을 다했다.

효과는 굉장했다. 눈앞에 긴장과 경계, 그리고 불신과 경악 어린 태도가 그 증거였다.

꿀꺽.

누군가가 침을 삼키는 소리가 연무장에 크게 울려 퍼졌다.

"그럼 조교 분들 나와 주십시오."

"예."

일곱 명의 금의위가 앞으로 나서 일렬로 정렬했다.

"금의위는 최소 일류는 되어야 하니, 다들 보는 눈이 있다고 생각합니다. 이들을 보니 어떠십니까?"

진양의 목소리가 조용히 울려 퍼졌다.

전투태세에 들어갔던 금의위들은 주춤하다 싶더니, 그제야 그의 말에 집중하여 조교라 칭한 금의위를 살펴봤다.

그러곤 놀라운 기색을 지우지 못했다.

일정한 경지에 올랐으니 나와야하는 기백을 미미하게밖에 느낄 수 없었던 것이었다.

알다시피 황궁 무예의 특징 중 하나는, 일정한 기백을 유지하기 위해서 지속적으로 내기를 외부로 방출하는 것이다. 그런데 그게 잘 느껴지지 않으니 이상할 노릇이었다.

"이건 마치······."

관창이 설마, 설마 하는 눈빛으로 진양을 쳐다봤다. 그 동공에는 무언가 중요한 것을 묻는 듯했다.

"예. 소위 말하는 '기를 갈무리하는 방법'입니다. 대영반께서 평소 보여주시는 분위기처럼."

며칠 전, 위정배와 얘기할 때 그는 내외법처럼 기를 갈무리하는 방법을 말년에서야 깨달았다고 했다.

경지는 이미 초절정이나 그 위에 속하는데, 웃기게도 무림인이 기본으로 하는 걸 너무나도 늦게 배웠다.

그걸 듣고 그 아래의 금의위도 마찬가지라 생각했다. 실제로 이렇게 금위군 전체를 봤을 때도 다들 하나같이 강맹하고 사나운 기백을 내뿜고 있었다.

일반인 입장에서야 굉장해 보이고 무언가 있어 보이겠지만, 무림인 입장에선 코웃음 칠 일이었다. 어디 싸우러

가는 것도 아니고 효율 없이 내기를 괜히 소모하고 있었으
니까 말이다.

"이건 내외법이라 하여……."

진양은 서교 일행에게 가르쳐줬던 것처럼, 황궁 무예의
큰 문제와 더불어 내외법의 장점을 설명해 주었다. 또한
덧붙여서 대영반이 자신을 무공 사범으로 둔 것도 이러한
연유라고 붙여줬다.

그들에게 있어서 황제 다음으로 경의를 표해야 할 대영
반의 의견은 확실히 중요했다.

처음에 불만, 조소, 무시 등등 태반이 좋지 않은 태도였
다. 그러나 금의위도 내외법을 직접 보고, 또 결과물인 서
교 일행과 대영반의 말을 듣자 생각과 태도를 바꾸고 진지
하게 경청했다.

"다시 한 번 말씀드리지만 절 딱히 윗사람 대하실 필요
는 없습니다. 저는 그저 금위군 전체의 힘을 키워주고 지
식을 가르쳐줄 사람에 불과합니다. 또한 전 평민이니, 말
투도 편하게 하시면 됩니다."

설명을 끝낸 진양이 백 명이 들을 수 있도록 목소리를
높여 말했다.

"그런데도 불만이 있으신 분이 계신다면 그만두셔도 괜
찮습니다. 혹시 이 자리에 그런 의사를 가진 분이 계십니

까?"

"……."

그의 물음에 어느 누구도 답하지 않았다. 금의위 모두의
눈동자는 뜨거운 열기로 활활 타오르고 있었다.

무인에게 있어 경지를 넘어 강해질 수 있는 것은 삶의
목표다. 그들은 항상 고수의 가르침에 목말라하며, 무언가
특별함을 원한다.

바보가 아닌 이상 이런 황금 같은 기회를 놓칠 리가 없
었다.

또한 자존심은 문제가 되지 않는다. 일단 사범 자체가
딱히 권위적인 모습을 보이지 않는데다가, 평민 대우를 해
도 상관없다고 했었다.

물론 사범으로서 대우를 해 줘야하긴 하지만, 그것도 임
시직이다 보니 어차피 오래가지 않을 터. 소문에 의하면
반년 정도 재직한다 하였으니, 그동안 머리를 숙이고 강해
진다는 건 큰 이득이었다.

"좋습니다. 앞으로 잘 부탁드립니다."

진양이 흡족하게 웃으며 포권으로 인사했다.

그러자 관창이 두 눈을 부릅떴다.

"부대에에!"

관창의 목소리가 쩌렁쩌렁하게 연무장 전체로 울려 퍼

졌다.

"차렷!"

척!

백 명가량의 금의위가 동시에 차렷 자세를 취했다.

줄과 열을 맞추고, 흩어짐 하나 없이 깔끔한 동작을 보여 준 그들의 모습은 장관이었다.

"천호, 관창을 포함하여 백일 명 훈련 준비 끝! 또한, 사범 앞에서 무례를 보인 백일 명의 죄인은 금위군 사범님께 사죄의 인사 올립니다!"

"사죄의 인사 올립니다!"

한 명도 빠짐없이 금의위 전체가 포권을 취했다. 또한 고작 백 명인데도, 공명하며 울리는 외침은 황궁 전체를 울릴 정도로 쩌렁쩌렁했다. 천군(千軍)의 기세라 해도 믿을 정도였다.

진양이 손 사레를 치면서 괜찮다며 말하려 했지만, 그 전에 관창이 말을 이었다.

"부대에에엣, 례(禮)!"

"례!"

무당파의 사대제자, 진양.

금위군의 사범으로 인정받는 날이었다.

第九章

간과병법(干戈兵法)

　진양이 금위군의 사범으로 오른 소식은 북경을 넘어서 중원 무림 전체에도 퍼졌다. 당연한 일이었다.

　아무리 임시직이라곤 해도, 무림인이 황궁에 들어간 것도 모자라 거기에서 금위군의 사범에 올랐다.

　충분히 논란이 일어날만한 일이었다.

　"그 사범이란 자가 대체 누구인가? 무림팔존이라도 되는가?"

　"허, 자네 소식이 늦구만. 금위군의 사범은 태극권협으로 알려진 무당파의 사대제자라네."

　"아니, 태극권협이라하면 용봉비무대회의 그 태극권협

을 말하는가?"

"그렇다네!"

천하의 금위군 무공 사범이다. 그러면 적어도 무림팔존은 아니어도 무림맹의 장로 수준 정도는 되어야 한다고 생각했다. 그런데 아무리 후기지수 중에서 이름이 알려진 태극권협이라기 해도 그 명성은 크게 높은 편은 아니었다.

당연히 충격적일 수밖에 없었다.

그 밖에도 강호의 반응을 여러 가지였다.

"무림과 관부는 오랫동안 서로 관여하지 않았네. 그건 굳이 말하지 않아도 서로 정해진 약속 같은 거였는데, 그걸 깨다니!"

"만약 이로 인해 무슨 일이라도 터지면 어찌하려 하는가?"

논란은 걷잡을 수 없이 커져갔다. 전례가 없던 일인지라 당연히 이야기가 많을 수밖에 없었다.

이 사태에 무림 정파의 위상이 높아진다며 반기는 사람도 있었지만, 도리어 앞으로의 미래에 불안해하며 걱정하는 사람도 있었다.

그런 여러 논란 속에서 관심이 집중되는 건 당연히 무당파였다.

세간에서의 무당파에 대한 이야기는 끊이지 않았다.

혹시 무당파가 아예 계획적으로 이참에 황실에 연을 만들고, 무림을 벗어나 관부에 진출하려는 목적은 아닌가 싶었다. 게다가 정마대전이 막 일어날 시기였는지라, 혹여나 무당파가 황실을 뒤로 업고 정마대전을 피하려는 건 아닌지 근거 없는 소문도 흐르기 시작했다.

원래 사람이란 소문을 특히 좋아한다. 그중에서 악소문을 특히 좋아하는 편이었다. 게다가 이런 소문에 가만히 있을 사파가 아니었다.

사도련을 필두로 여러 사파가 나서서 나쁜 소문을 흘리고 다녔다. 이참에 아예 무당을 싸움도 하지 않고 무너뜨릴 생각이었다.

당연히 가만있을 무당파가 아니었다.

특히 무당파처럼 큰 정파의 경우, 명예를 중시하는 편인지라 그 반발은 생각보다 거센 편이었다.

이에 무당파는 무림맹의 장로로 파견나간 청곤에게 속히 전서구를 날려 현 사태를 정리하기 위해 도움을 요청했다.

그리고 지무악은 이 근거 없는 악소문은 사도련이 정파의 명예를 크게 실추하려는 계획이라고 공석에 나서서 발표했다.

무당파 역시 장문인이 나서서 소문을 근절하려 여러 방면으로 노력했다.

"청솔의 제자이자, 무당파의 사대제자인 태극권협 진양에 대해서 말씀드리겠습니다. 이번 사태는 결코 의도한 것이 아니며, 어떻게 된 경위인지 자세하게 설명 드리겠습니다."

무당일장 선극은 벽안검화가 무당파에 방문한 사실도 뒤늦게 알렸다. 당시에 밝히지 못했던 점은 당연히 황족에 속하는 벽안검화 서교의 안전 때문이라 설명했다.

그 외에도 황제의 부탁에 따라서 처음으론 서교 개인의 무공 사범으로 갔다가, 대영반의 제안을 받아 금위군의 사범이 됐다는 경위까지 제법 세세하게 설명했다.

물론 이 사실을 발표하기 전에 다시 황실에 전서응을 특급으로 보내서 미리 허가도 받아 냈다.

황실은 단연 흔쾌히 허가했다.

어차피 황실, 아니 나아가 조정에서 금위군 사범 일은 관계자가 아니어도 모르는 자가 없었다.

서교의 경우 개인이고 황족이다 보니 소문을 줄일 수 있어도, 금위군 전체에 사범이 생긴 일이니 막으려야 막을 수 없었기 때문이었다.

이렇게 갖은 노력 덕분인지 좋지 않은 소문도 서서히 줄어들었다. 또한 황제가 나서 더 이상 유언비어를 의도적으로 퍼뜨린다면 황실모욕죄로 엄중히 벌하겠다는 결정적인 발언을 한 덕분에 다들 두려워서 입을 조심했다.

당연하지만 정파를 무너뜨리기에 혈안이 된 사도련 역시도 황제의 말 때문인지 입을 다물었다.

이와 같이 금위군 사범 사태는 정말 수많은 여파를 가져왔다. 특히 그중에서 유난히 큰 영향을 끼친 것은 무당파와 무림 정파였지만, 그다음은 단연 사도련주였다.

"허. 금위군 사범? 금위군의 사범이라고!"

사도련주가 어이없어 하다가, 이윽고 노성을 내지르며 분노했다.

총관 야율종은 부복한 채로 몸을 파르르 떨었다. 사도련주에게서 흘러나오는 살기를 도저히 감당할 수가 없었다.

"으아아아!"

무림팔존은 천하에 여덟 명밖에 없는 고수다. 이 정도 경지쯤 되면 스스로의 감정 조절 따위는 우습다.

설사 감정 조절이 절정이 되어서 심성까지 사악해지는 마공을 익혔다고 해도, 무림팔존 정도면 어린아이 손목 비트는 만큼 쉬운 편이었다.

그런데도 화를 낸다는 건, 감정 조절을 할 수 없을 만큼 진노했다는 뜻이었다.

야율종은 몇십 년을 사도련주 곁에서 보좌했지만, 이 정도로 화난 모습은 본 적이 없었다. 그렇기에 더더욱 공포에 떨었다.

"무당파. 무당파. 구파일방에서도 씹어 먹어도 시원치 않을 무당파! 내 맹세컨대 무림 정복이 시작하면 무당파부터 없애주마! 아니, 내가 직접 나서서 무당파는 물론이고 그 도사 나부랭이부터 죽일 것이다!"

뿌드득!

이를 가는 소리가 섬뜩하게 울려 퍼졌다.

"금의위 한 명의 사범도 어이없는데, 금위군이라니……게다가 황제가 공식적으로 지지하니 책략도 펼칠 수 없다."

황실에 넣어 둔 첩보원에 의하면, 확실하지 않지만 길게 잡아서 반년이라고 한다. 그럼 그 반년 동안은 두 눈 멀뚱히 뜬 채 진양이라는 도사 놈이 황실에 연줄을 만드는 걸 보고만 있을 수밖에 없다는 뜻이었다.

"그, 그래도 불행 중 다행으로 사범은 어디까지나 임시직이라는 것입니다. 또한 황제는 이후에 보상은 오직 현물로 대체한다고 했고, 무림과 관계를 맺지 않겠다고 ……."

"이 병신 같은 놈! 네가 그러고도 총관이냐!"

말이 끝나기도 전에 사도련주의 불호령이 떨어졌다.

"죄송합니다!"

쿵! 쿵!

야율종이 바닥에 이마를 몇 번이고 부딪쳤다.

"그래. 당연히 보는 눈이 있으니 대대적으로 도와주진 못하겠지. 설사 진양이라는 그 개새끼가 황실을 나와 강호로 복귀한다고 해도, 금위군을 움직이거나 하지는 못한다."

관례(慣例)라는 건 생각보다 중요하다.

아무리 역사상 최대 권력을 지닌 현 황제라고 해도, 그 관례를 깨긴 힘들 것이다. 무림과 황실이 서로 관여하지 않는 세월은 상당하고 깊은 편이었다.

만약 이를 깨고, 조금씩 무림과 연결하여 힘을 강화하려면 그 밑의 욕심 많은 권력자들이 자리를 빼앗길 것 같아 크게 반발할 것이다. 그 증거로 지금도 황실은 여전히 소란으로 가득했다.

그렇기 때문에 황제도 황실의 관리들에게 기한이 정해진 임시직이라는 걸 강조했고, 그 밖에 현물로 어르고 달래는 노력도 하여 진정시켰다.

만약 황제가 지금처럼 권력이 좋지 않았고, 또 금의위 등의 무관들의 지지가 없었더라면 단연히 이 일을 통과시키지 못했을 것이다.

"하지만 이제 우리도 오랫동안 공들여서 만들었던 황실

의 연줄을 몽땅 잃어버렸다는 게다, 이 병신 같은 놈아!"

사도련주의 입에서 욕이 남발됐다.

원래 사도련주는 노년에 들어 욕설을 잘 쓰지 않았다. 체통이 깎인다는 연유였다. 하지만 이번 일이 워낙 중대했는지라 가만히 있어도 욕이 절로 튀어나왔다.

"아……."

그제야 야율종도 무언가 파악한 듯 탄성을 내뱉었다.

사도련주는 무림 정복에 공을 상당히 들었다. 머리를 써서 계획을 세우고, 급한 성질을 참아가며 많은 시간을 투자하여 숨죽인 채 기다렸다.

그중에는 단연 동창을 비롯한 황실에 관련된 연줄도 있었다.

아주 직접적인 지원은 기대하지 못해도, 그래도 전쟁을 대비하여 면죄부 등 자질구레한 도움을 준비해 두었다.

그러나 이 일이 끝난다면 황실은 무림과의 관계에 기강을 강화하고, 전 관리 모두가 조심스러울 것이다.

특히 사파에게 뇌물을 받아 면죄부를 내리던 관리들은 모든 증거를 지우는데 사력을 다할 것은 물론이고 향후 아무리 뇌물을 줘도 거부할 경향이 컸다.

워낙 이번 파장이 크다보니 별수 없는 일이었다.

물론 자잘하게 지울 수 없는 증거를 내밀어서, 그걸 인질로 삼아 협박할 수도 있었지만 위험 부담이 너무 컸다.

또한 잃은 것은 그뿐만이 아니었다.

무림 정복 도중에서 무당파를 친다 하여도, 만 명이나 되는 금위군의 사범인 데다가, 황권 강화에 도움이 된 진양 때문에 황제가 약간의 도움이라도 준다면 무당파라는 싹을 지울 수 없게 된다.

이번 사태로 잃는 것이 너무나도 많았으니, 사도련주가 화를 안낼 수가 없었다.

"사파보다 지독한 놈, 마교보다 악독한 놈! 무림맹주 지무악보다 개 같은 놈! 죽여 버리겠다아!"

사도련주가 쌓아 올린 몇십 년의 계획.

그 계획이 한 사람 때문에 금이 가기 시작했다.

*　　*　　*

금위군은 순조롭게 내외법을 전수받았다.

진양뿐만이 아니라, 먼저 내외법을 가르침 받았던 범중이나 다른 금의위에게서도 배웠다.

또한 내외법의 흡수 속도는 당연히 빠른 편이었다.

약간의 기초를 가르쳐 주고, 요령만 알려주면 다들 일류 이상의 무인이었는지라 알아서 훈련에 임했다.

물론 그중에서도 개개인의 차이가 있는지라 한 번에 알아듣는 이가 있는 반면, 열 번 설명해도 못하는 이도 종종 나오긴 했지만 그럴 때마다 진양이 성심성의껏 요령을 가르쳐 주기도 했다.

덕분 백하고도 한 명 모두는 내외법에 빠져서 훈련에 임했다. 그 소식을 들은 위정배는 크게 기뻐하며 진양을 칭찬했다.

자신이 참석하지 않아서 금의위가 반발하며, 진양의 명령을 거부하여 훈련에 임하지 않으면 어쩌나 싶어 걱정도 했기 때문이었다.

하지만 걱정과 달리 금의위는 한 명도 빠짐없이 훈련을 잘 따라주니 정말 다행이었다.

참고로 서교는 훈련에 안타깝게도 참여하지 못했다. 제법 긴 시간 동안 여동생과 떨어진데다가 황궁 내에서 친한 사람이 없어 외로워하는 친언니, 서후에게 붙들려서 시간을 보내야했기 때문이었다.

아쉬워도 별수 없이 나중을 기약할 수밖에 없었다.

"음……이제 슬슬 다른 방도를 찾아야겠구나."

금위군의 사범으로 공식적으로 임명된 지도 어언 보름.

자신의 밑에서 가르침을 받은 금의위 모두 내외법을 습득하는데 성공했고, 남은 구백 명에게 전수 중이었다.

금의군은 아무래도 내공심법 자체를 익히지 않은 병사도 많기 때문에, 내외법 전수 자체는 금의위처럼 빠르지 않을 것이다.

하지만 기초적인 법을 가르친 이후에는 개인의 역량에 따르니 금의위가 할 일은 없어질 것이고, 그 후에 다시 훈련에 들어가야 했다.

그러니 다음에 뭘 가르칠지가 문제였다.

진양은 초식을 끊는 파훼식을 가르칠까 고민하다가, 다른 방법을 찾았다.

'일단 보법은 제외. 대영반의 말씀대로 비효율적이다.'

이미 선례로 가르쳤는데도 실패했다는 건 의미가 없었다. 그래서 머리를 공회전시켜 여러 방책을 생각해 봤다.

'관군에게 갑옷은 필수. 이걸 게임으로 치자면 회피력을 포기하고 방어력에 집중했다는 뜻이겠지.'

아직 현대인의 사고방식을 버리지 못하는 그에게 있어 지구의 지식을 차용해 비교하는 건 종종 있는 일이었다.

가끔 단점도 있었지만, 아직까진 장점이 많았다. 그 증거로 진양은 일반 무림인에 비하여 몇 걸음 앞서고 있었다.

'조금이라도 생존을 높이는 법. 수많은 화살과 창 병기 등을 최소화할 수 있는 방법……도검불침(刀劍不沈)!'

도검불침은 말 그대로 도검이 통하지 않는 경지를 말한

다. 그 원리는 주로 육체가 쇠처럼 단단해져 도검을 튕겨 내거나 혹은 그 위력을 최소화할 수 있다.

그러나 도검불침은 결코 쉽게 도달할 수 없는 경지였다. 무림에서도 도검불침은 드문 수준이 아니라, 거의 없다시 피 할 정도로 숫자가 적었다. 있다고 해 봤자 여러 수준 높은 외공이 있는 소림 정도였다.

이는 도검불침에 이르려면 내공보단 외공을 필요해서였 다. 외공은 신체 내부, 단전에 내공을 쌓는 시간을 포기하 고 말 그대로 신체의 바깥 부분. 즉, 피부나 신체의 강도 등 을 강화를 중시하는 무공이었다.

하지만 무림에선 대부분 내공을 선호하고 외공을 등한시 하는 편이었다. 무림의 무공 체계 대다수 역시 내공에 맞춰 서 있었다.

그야 당연했다.

내공과 외공을 수련한 무인이 격돌하면 외공이 압도적으 로 불리했기 때문이었다.

상하관계를 따져보면 내공은 외공보다 철저히 위일 수밖 에 없는 이유가 있었다.

내공은 단전에 쌓인 내력을 이용해 적의 내부를 공격하 는 내가중수법이 대다수, 아니 전부라고 해도 좋았다.

당연하지만 외공을 익혀도 내가중수법은 통한다. 아니,

설사 외공의 경지가 상당하다해도 외부는 튼튼해도 내부가 부실한데다가, 쌓은 내력도 많지 않아 방어할 수도 없는지라 무인은 내공을 선호했다.

'하지만 관군에게는 상관없는 일이다.'

관군 대다수는 무공을 배우지 않았다. 아주 없는 건 아니지만, 그래 봤자 삼재검법 등 시중에 풀린 수준이다.

게다가 관군에 들어가면 관군에 따른 새로운 걸 배워야 하기에, 대부분은 관군의 무공과 헷갈릴 것 같아 웬만하면 익히지 않거나 혹은 포기한 사람들로 많았다.

그 외에는 금의위나 동창처럼 황궁 무예가 허락된 무관 출신밖에 없었다.

여하튼 그러다 보니 무림처럼 내가중수법에 당한다하는 걱정을 애초에 할 필요가 없었다.

아니, 그전에 설사 걱정을 한다 하여도 관군이 싸울 때는 산적을 소탕할 때나 전쟁 등 제법 규모가 있는 편이었다.

산적 소탕이야 병력 숫자로 밀어붙이니 딱히 어려울 것 없고, 전쟁의 경우 눈먼 화살이나 검을 신경 쓰기 급급해서 내가중수법이고 자시고 없었다.

신경을 써봤자 종종 일기토를 하는 장수나 포함됐다.

"그렇다면 그 외의 병사는 외공을 배우는 편이 좋아. 그럼 방어력뿐만 아니라 무위 자체도 높아져 공격력도 덩달아 올라가고."

웃기지만 꼭 현대 지구의 게임을 하는 듯했다.

'이름을 붙이자면 간과병법(干戈兵法)이로구나.'

외공은 병사에게 있어 창과 방패였다.

몸 전체를 단련해서 피부를 쇠처럼 단단하게 하여, 화살
과 창 병기의 피해를 최소화한다.

또한 외공 자체를 수련하면 단연 무위도 높아질 테니 전
체의 수준도 높아질 터. 이보다 좋은 방법이 없었다.

결정을 한 진양은 간과병법을 상담하기 위해서 위정배를
찾았다. 그리고 외공을 구해 달라고 요청했다.

"알겠네. 다만, 그대는 사정상 배울 수 없으니 이건 이해
해 주게나."

"알고 있습니다."

관군의 무공은 개인이 배운 것을 제외하곤 모두 황궁 무
고에서 나온다.

당연히 금위군에게 가르칠 외공의 무공 비급을 가져오려
면 황궁 무고에 들어가야 한다.

하지만 이 황궁 무고는 황제의 침소와 견줄 정도로 철통
같은 보안과 엄중한 관리(管理)로 이루어져 있다.

일단 첫 번째로, 설사 천하의 대영반이라 해도 황궁 무고
에 제집마냥 들어갔다가 나올 수 없다. 아니, 황제의 직계

에 속하는 황족 역시 상당히 제한되어 있는 편이었다.

두 번째는 황궁 무고의 진입에 허가를 받아도 가지고 나올 수 있는 비급은 매우 한정적이었다.

허가를 받기 전, 어떤 비급이 필요한지 미리 언질을 한 뒤에 이야기를 해 놓고 들어가야 했다. 만약 그 외의 비급을 가지고 바깥에 나온다면 금의위건 동창이건, 황족이건 간에 그 자리에서 즉시 추포된다.

그리고 세 번째는 비급이 외부로 나와도, 허가받은 인물 외에는 배울 수 없었다.

황궁에서 나온 무공 비급이니, 당연히 그 비급의 원류가 어디건 상관없이 관부의 관계자가 아니라면 배울 수 없었다.

마지막으로 당연한 이야기지만 비급을 습득한 뒤에는 다시 제자리로 돌려놔야한다.

물론 정작 진양은 배울 생각이 전혀 없었다.

황궁 무고에 잠들어 있는 비급은 하나하나 일류 이상의 초상승의 비급이라고 전설처럼 내려오지만, 진양은 이미 양의신공이라는 무당파의 삼대신공 중 하나를 배웠다.

굳이 위험을 감수하면서 외공을 배울 필요가 없었다.

*   *   *

며칠 뒤, 황궁 무고를 다녀온 위정배가 금강철벽포(金剛鐵壁包)라는 무공 비급을 가져왔다.

듣자 하니 황궁 무고에 잠들어 있는 수많은 비급에도 등급이 있는데, 금강철벽포는 중상(中上)에 속한다 했다.

전체를 보면 나름대로 등급이 높은 편에 속했지만, 위정배는 입맛을 다시며 아쉬워했다.

원래는 최소 상하(上下) 등급의 비급을 가져오려 했지만, 동창 등 적대 세력의 반발이 상당했는지라 그럴 수 없었다고 한다.

황제도 이번만큼은 별수 없듯이 동창을 필두로 한 환관 세력의 반대를 무시할 수 없었다. 이미 금위군의 전력 자체를 강화한다는 것 자체가 제법 무리한 일이었는지라, 이 이상 그들의 의견을 묵살했다간 크게 반감을 사서 송곳니를 드러낼지도 몰랐기 때문이었다.

아쉬운 대로 금강철벽포에 만족할 수밖에 없었다.

참고로 금강철벽포는 진양에게 건네지지 않았다.

아무리 금위군의 훈련을 총괄하는 입장이라 해도 어디까지나 임시직이었기에, 황궁 무고의 비급의 열람이 허락되지 않았다.

그래서 구백 명의 금위병 중 백인장(百人將) 아홉 명을 대표로 금강철벽포를 배우기로 했다.

백인장 정도 되어서 그런지, 몇몇은 이미 내공에 속하는 무공을 익히고 있었지만 개의치 않았다. 도리어 쌍수를 들고 환호했다.

백인장이라 해 봤자 병사는 어디까지나 병사다. 금의위처럼 황궁에서 내려진 상승 무공을 배울 수는 없다. 당연히 개개인이 익힌 무공 역시 수준이 낮은 편에 속했다.

당연히 황궁 무고에서 중상 등급에 속하는 금강철벽포를 절세신공을 얻은 것처럼 기뻐했다.

참고로 이미 내공을 습득한 상태여도 외공을 배울 수 있었다.

내공과 외공은 특별한 문제가 없다면 공존할 수 있었다.

다만 단점은 시간의 문제였다. 외공은 하루 시간 모두를 투자해야 꽃을 피울 수 있는 노력의 결과물이다.

즉, 하루의 축기 시간조차 이쪽으로 투자해야 성과가 나오기 때문에 본래의 무공은 당분간 포기해야 했다.

물론 백인장들에겐 별로 문제라고 할 것 없었다. 금강철벽포를 위해서라면 본래의 수준 낮은 무공쯤이야 가벼이 포기할 수 있었다.

"백인장은 모두 최대한 빨리 비급의 암기부터 우선시하도록. 일주일 뒤에는 다시 황궁 무고에 반납해야하니, 글씨

하나 틀리지 않고 머릿속에 넣어라."

"명!"

백인장들에게는 경어를 쓰지 않고 하대하였다. 그들은 평민 출신으로 금의군에 입대하여, 병사로 들어왔기 때문이었다.

현직 자신의 지위는 임시라 하여도 상관. 군대는 예나 지금이나 이런 방면으로는 상하관계를 중시했기 때문에 진양도 말을 놓았다.

금의위야 원래 신분 차이가 나니 별수 없었다고 해도, 병사들에게는 그럴 이유가 없었다.

백인장들도 딱히 불만이 없는 모습이었다.

금위군의 백인장 정도의 지위는 확실히 평민 입장에서 출세했다 해도 부족하지 않을 정도였지만, 그래 봤자다.

진양과 비교하면 그다지 자랑할 것도 못됐다.

또한 그들 역시 무인. 무인에게 있어 고수는 충분히 존경받을 만한 사람이다. 도리어 진양이 계속해서 경어를 했다면 백인장들이 불편해했을 것이다.

그리고 일주일이 흘렀다.

금강철벽포의 비급은 다시 황궁 무고로 돌아갔다. 당연히 아홉 명의 백인장들은 밤잠을 줄여가면서까지 암기하는 데 성공했다. 규정상 사본도 만들 수 없으니, 암기에 거의 목숨을 걸다시피 했다.

참고로 금의위는 금강철벽포를 배우지 않았다.

백인장들에 비해, 이미 그들은 금강철벽포와 견주어도 부족하지 않을 무공이 있었고, 그걸 포기하고 새로운 외공을 습득하는 것은 부담스러워서 그랬다.

도리어 금의위들은 혹여나 금위병에게만 맡길 수 없다며, 자신들이 배워야하는 건 아닌가 하고 걱정까지 했다. 그들 입장에선 천만다행이었다.

일주일이 지난 오늘날 다시 아홉 명의 백인장이 모였다.

"혹시 모르니 서로 구결을 논의하여 다른 점은 없는지 확인하도록 해라."

"그럴 줄 알고 이미 끝냈습니다. 하나도 빠짐없이 저희 아홉 명 모두 암기하였고, 구결부터 시작해 수련 방법까지 모두 공통됐다는 것을 확인했습니다."

"잘했다. 그럼 오늘부터 금강철벽포를 훈련에 포함하게."

"알겠습니다."

어쩌면 이중에서도 도검불침이 나올지도 모른다.

금강철벽포는 하위 무공이 아니니, 아마 일평생 동안 성실하게 꾸준히 노력만 한다면 재능이 좋지 않아도 도검불침 만큼은 아니어도 그 전 단계는 충분히 오를 것이라 예정

됐다.

그렇게 금위병들은 간과병법을 시행하도록 했다. 그들은 대부분의 시간을 외공 수련에 힘쓰기로 했다.

훈련 순서는 일단 열 명의 백인장이 금강철벽포를 하루 빨리 습득하기로 했고, 그 뒤로 남은 병사들에게 전수하기로 했다.

이로서 금위병에 대한 훈련은 손댈 곳이 없어졌다.

간간이 훈련 강도의 조절이라거나, 혹은 상태 등을 확인하면 될 뿐 그 이상 눈여겨 볼 곳은 없었다.

평소 훈련에 대다수의 시간을 투자해야 한다는 외공까지 들어갔으니, 아마 자신이 떠나기 전까지도 금강철벽포에 집중할 것이다.

'이제 남은 건 백 명의 금의위.'

금위병은 숫자만 많지 큰 문제는 없었다. 개개인의 무위가 떨어지다 보니, 금강철벽포만 던져 줘도 경지에 오르기 위한 벽을 만나려면 한참 걸릴 것이 분명했다.

그러나 금의위는 조금 다르다.

개개인의 무위가 죄다 일류 이상이고, 당연히 제법 수준 높은 가르침을 줘야했기 때문에 힘이 들었다.

아니, 사실상 무리가 있었다.

예전에 서교나 범중을 비롯한 금의위야 사람 숫자가 적

어서 조금 힘이 들어도 신경 써 줄 수 있었지만, 이번엔 열 명도 아닌 무려 백 명이었다.

현실적으로 백 명을 한꺼번에 신경 써 주며 가르치기에는 몸이 열 개가 아닌 한 불가능했다.

'그럼 초점을 개개인이 아니라, 단체에 맞춰야한다. 거기엔 진법이 딱 알맞지.'

관군의 진법과 무림의 진법의 경우 내용이 조금 달랐다.

전자의 경우엔 주로 진형(陣形)이라 하여, 부대가 짜는 대형을 말한다. 대표적으로 학익진(鶴翼陣) 등이 있으며, 보병이나 기병 등의 따라 여러 가지가 있다.

즉, 어디까지나 관군의 진법은 진형이라 부르며 군대가 싸우는 방법이었다.

하지만 후자인 무림의 진법은 주로 오행이나 사상팔괘 등 진기의 흐름을 조정하거나 혹은 다수의 하수가 한 명의 고수를 치는데 사용됐다.

쉽게 설명하면 관군의 진법은 규모가 컸고 무림의 진법은 규모가 적다고 볼 수 있었다.

'갈 길이 멀다.'

第十章

분골쇄신(粉骨碎身)

"하수가 고수와 싸우는데 자존심을 챙기지 마십시오. 애초에 여러 사람이 한 사람을 공격한다는 행위 자체가 이미 자존심을 챙기기 어려운 일입니다."

이튿날부터 금의위의 진법 훈련이 시작됐다.

그 강도는 금위군 못지않게 강한 편이었다.

약 백 명을 대충 열 명씩 묶어서 열로 나누었고, 그중 하나는 천호 관창이 들어가 열한 명도 있었다. 그리고 십대 일로 싸움을 시행했는데, 일(一)은 당연히 진양이었다.

이에 금의위 대부분은 자존심이 크게 상했다. 진양이 고수란 것은 알고 있지만, 그래도 자신들은 천하의 금의위였다. 개개인 모두 최소 일류 이상의 수준인 집단이었다.

"꼭 실력 행사를 해야 합니까."

그리고 미리 지정된 열 명에게 진양이 손살 같이 달려들은 뒤, 얼마 지나지 않아 죄다 제압하자 그 불만은 쏙 들어갔다.

"비, 비겁합니다!"

천호나 됐으면서 방심했다가 단 일격에 바닥에 고꾸라진 관창이 얼굴을 붉히며 외쳤다.

갑작스러운 습격 때문이 아니었다. 진양이 싸우는 방법이 문제였기 때문이었다.

진양은 무공만 믿고 열 명과 싸우겠다고 한 것이 아니었다. 앞에 누군가가 막으면 흙을 뿌려 눈을 가렸고, 그 틈을 타서 쓰러뜨렸다. 그 외에도 금의위를 인질로 잡아 방패삼는 등 흑도방파의 무뢰배 같은 모습을 보여주었다.

"전쟁에서도 그런 말을 하실 생각입니까? 그건 금의위분들께서 더 잘 알고 있을 겁니다."

"……큭!"

관창이 입술을 깨물었다. 할 말이 없었기 때문이다.

확실히 그 말 대로였다.

명색의 금의위라 어느 정도 무인으로서 긍지나 명예 등을 지켜야했지만, 그것도 어디까지나 황궁 내에서였다.

물론 금위군 특성상 황실 수호를 일순위로 하기에, 최전방에 나가지 않는다 해도 안심할 수 없었다.

어떤 경우가 일어날지 모르니 금위군 역시 전시를 예정하야 했다. 실제로 실전 경험을 쌓기 위해서 타지에서 간간이 영토를 들쑤시는 오랑캐를 대상으로 출진할 때도 있었다.

당연하지만, 금위군도 엄연한 군대이며 언제든지 전쟁터에 나갈 수 있다. 대영반은 이미 몇 번이나 경험했었다.

금의위 몇몇도 경력을 쌓으려고 참전한 적이 있었다.

그리고 그 중요한 전쟁터에서 비겁이라거나 명예 등은 그다지 중요하지 않았다.

특히 장수들은 더더욱 중요했다.

만약 부대에서 지휘관에 속하는 장수가 명예나 긍지 타령을 하다가 자칫 잘못하여 죽는다면, 도리어 비난받을 것이다. 그로 인해 사기가 낮아지고, 지휘가 마비되어 큰 피해를 부를지도 몰랐으니까.

실제로 관군 전체가 사파처럼 실전을 중시하고, 무예도 그렇게 연구되고 진화됐다는 점은 누구나 알지 않는가.

"알고 있으면 덤비십시오. 그리고 수단과 방법을 가리지 마십시오. 설사 전쟁터가 아니라도 마찬가지입니다. 여러분 열 명이 덤벼도 어떻게 할 수 없는 고수가 황궁에 떡

하니 나타나면 어떻게 합니까? 그때도 명예와 긍지 운운 하며 그대로 놓치거나 당할 생각입니까?"

"……끄응."

관창이 앓는 소리를 냈다.

확실히 틀린 말이 없었다. 도리어 너무 맞는 말이라 뭐라 반박할 수 없었다.

자칫 잘못하면 금의위에 대한 모욕이 아닐까 싶었지만, 전혀 아니었다.

금의위, 아니 넘어가 관군 전체는 어찌 됐건 간에 전투의 승리와 영토 분쟁의 정복만을 고집하는 폭력 집단이었다. 이미 깊은 역사 속에서 이러한 사상이 내려져오고 있었다.

"다시 시작하겠습니다. 저 역시 여러분을 하나하나 봐 줄 수는 없습니다."

진양이 홀로 서서 주먹을 꽉 쥐었다.

"허. 무림에는 사범처럼 순 괴물만 있는 것이오?"

관창이 어이없는 듯 헛웃음을 들이켰다. 그 눈동자에는 투기로 이글이글 불타오르고 있었다.

하지만 이로 인해 백일 명의 금의위는 이로서 자존심을 모두 버릴 수 있게 됐다.

"이제야 싸울만하겠군요."

　　　　　*　　　　*　　　　*

　한 달이 지났다. 그동안 여러 가지 성과가 있었다.

　그중 유독 눈에 띠는 성과를 보인 이들은 금의위였다.

　금의위는 처음엔 마구잡이로 진형이라도 짤 것 없이, 적당히 기회를 엿보고 눈치를 보면서 진양 한 사람을 오직 쓰러뜨릴 목적으로 싸움을 걸어왔다.

　하지만 싸움을 반복하자 그 형태도 조금씩 바뀌었다.

　각자 자리를 지키고, 순서를 정하고, 나름대로 진형을 짜서 효율 있는 전투 방법을 고안해했다.

　이제야 제대로 해볼 마음이 보이는 금의위를 본 진양은 무림에서 흔하게 쓰이는 차륜전 등 두 세 가지 진법을 가르쳐 주었다.

　또한 자존심을 버리고, 오직 한 사람을 이기기 위해 일념을 다한 백 명의 금의위는 굉장히 위협적이었다.

　그러다 보니 훈련 성과가 금방금방 나올 수밖에 없었다.

　'좋아. 아주 좋아.'

　진양도 무척이나 흡족해하고 있었다.

　게다가 얻는 것은 금의위의 훈련 성과뿐만이 아니었다. 진양 나름대로도 얻는 것이 있었다.

금의위와의 싸움은 처음에 알다시피 딱히 어려울 것도 없었다. 도리어 약간의 여유를 부릴 수 있을 정도였다.

그러나 시간이 지나면서 차츰 금의위가 뼈를 깎는 노력을 통해서 수준을 높이자, 진양도 더 이상 여유를 부릴 수 없었다.

'금의위는 하나하나가 정예라고 하더니, 틀린 말이 아니었구나.'

덕분에 진양은 무룡관 이후로 실로 오랜만에 무력 단체와의 싸움을 대상으로 한 훈련도 실시할 수 있었다.

그리고 보름 정도 훈련을 실시했을 때, 결국 승리만 하던 진양에게도 패배가 찾아왔다.

그 원인은 금의위의 실력 향상도 있었지만 주로 창법 때문이었다.

'이참에 창법에 대응하는 방법이나 익혀야겠어.'

무림에는 창법이 흔한 편이 아니었다. 대부분 검이나 도, 권장지각, 혹은 독을 주류로 했지 창은 원래 군부 출신의 무림인이나 사용하는 편이었다.

반면 금의위는 칠 할이 창법을 고수하고 있었다.

아니, 정확히 말하자면 금의위 전체는 기본적으로 창법을 할 줄 알며 검법도 몸에 익히고 있었다.

관창의 말에 의하면 창은 병이건 혹은 장수건 간에 기본

적으로 몸에 지니고 있어야하는 병기라고 한다.

덕분에 상급에 속하는 창법의 휘황찬란한 초식에 그만 당황하여 허를 찔려 패배했다.

참고로 금의위가 첫 승리를 따냈을 때는 흡사 축제 분위기였다. 오늘 당장이라도 연회를 열어도 이상하지 않을 정도였다.

그래서 진양도 이날을 기점으로 아침 일찍 일어나서 전법을 짜고, 병사들의 창법 훈련에 참관하여 머릿속으로 가상 비무를 열어 나름대로 연구도 했다.

다시 한 달이 지났다.

이제 승률은 천차만별이었다.

십으로 잡아서 금의위의 승이 약 삼이고, 이가 무승부였다. 나머지 오는 아직 진양에게 있었다.

한 단체와 한 개인은 서로 하루가 다르게 실력이 향상되면서도, 일 회라도 이기기 위해서 땀을 흘려 노력했다.

'귀한 경험이다.'

강호에 나가서도 일류 무인 백 명 이상과 매일매일 이렇게 훈련하기엔 쉽지 않다.

이런 경험은 귀하기 때문에, 진양도 이 기회를 이용하여 열심히 수련에 박찼다. 어느 날에는 이갑자에 이르는 무식한 내공을 죄다 소진한 적이 있었다.

처음으로 내공을 모두 소진했을 때는 신묘한 기분이었다.

그는 항상 만약을 위해서 최소 이 할 정도의 내공은 남겨뒀었다. 무슨 일이 벌어질지 모르는 불안감 때문에 이와 같이 대비책을 세워두었다.

그런데 그걸 모두 소진하고, 평소 묵직하고 든든했던 하단전이 텅 비자, 불현듯 무언가가 떠오르며 깨달음이 찾아왔다.

'이게 비었다(空)……인가.'

처음에는 공황장애마냥 불안이 치솟았고, 도저히 진정될 기미를 보이지 않았다.

아주 어릴 적을 제외하고 진양은 십 년 이상을 내력이 없는 생활을 해본 적이 없었다.

말하자면 약간의 내력은 진양에게 있어 비장의 무기나 마찬가지였다. 만약을 위한 구명줄과도 같은데, 그것이 없어지니 온갖 좋지 않은 상상을 했다.

'만약 금의위나 금위병 중에서 날 죽이려는 암살자가 있으면 어쩌지? 혹시 정치 싸움에 밀려서 반역 죄인으로 몰리면? 그럼 도망가야 할 텐데 이런 내력으로는 할 수 없어.'

그는 거의 난생처음이라 할 정도로 굉장히 불안하고, 초조한 모습을 보였다. 자칫 잘못하면 주화입마에 빠질 정도로 위험했다.

하지만 그 불안은 웃기게도 전혀 생각지도 못한 것으로 말끔히 사라졌다.

금의위와의 대련이 끝나고, 하단전에 비어 있어 불안해하고 있는 그에게 누군가가 다가와 어깨를 툭 쳤다.

"하하핫! 드디어 양 사범의 그 무식한 내력도 바닥을 보였구려. 언제나 생각하지만 내력을 모두 소진하면 지치긴 해도 시원하지 않소?"

관창이 하얀 이를 드러내며 씩 웃었다.

그 경쾌하고, 환하고, 불안 따위는 하나도 없는 모습을 보자 머릿속에 복잡하게 얽혀 있던 상념이 산산조각 났다.

'아……도가에서 비우면 무언가를 깨닫게 된다고 하였는데, 그게 이런 의미였나.'

하루 종일 멍한 상태로 돌아다닌 진양은 자신의 방으로 돌아와서야 생각을 정리할 수 있었다.

그에게 있어 무언가를 비운다는 것은 상상도 할 수 없는 일이었다.

항상 몸 안에 내력을 쌓아두어 충만해야 했고, 또 삶과 죽음에 대한 집착 때문에 무언가를 준비해야 마음이 편안하고 만족스러웠다. 일종의 강박관념이나 마찬가지였다.

지금까지 무언가를 쌓고, 성장시켜왔다. 게임에서 캐릭터가 경험치를 쌓고, 레벨 업을 하는 것처럼 오직 강함에 대한 생각으로 뭉쳐서 열심히 해 왔다.

그게 나쁜 것은 아니다. 하지만 무조건으로 좋은 것도 아니었다. 가끔은 잠시 멈추고, 주변을 둘러보며 휴식을 취해야 할 때도 있었다.

"아. 역시 너무 생각하는 버릇은 좋지 않구나."

습관이란 무섭다. 예전에 생각이 너무 많아서 죽을 뻔한 적이 있었음에도 불과하고, 여전히 남아 있었다.

진양은 생각하기를 포기했다. 바닥에 벌러덩 누워서 천장을 올려다보며 웃음을 흘렸다.

"응. 관창의 말대로구나. 시원하고, 차갑고, 편안해져."

그동안 자신은 무언가에 쫓기듯이 살아왔다.

현대 지구에서도 군대다, 입시다, 취업이다 뭐니 여유를 가지지 못하고 하루하루를 바쁘게 지냈다.

전혀 다른 세계에 와도 마찬가지였다. 한시라도 빨리 강해지기 위해서 등 여러 이유 때문에 현대인처럼 살아왔다.

가만 생각해 보면, 이와 같은 연유 때문에 마음 편히 쉰 적이 없었다.

하지만 지금은 아니다.

힘을 모두 소진하니 지쳤다. 사람은 힘을 쓰면 정신적으로도 육체적으로도 지친다. 그 상태에선 머리도 돌아가지 않고, 설사 생각을 해도 머리가 아파오는 것이 정상이다.

그러나 진양은 아니었다. 남들보다 비상식적으로 많은 내력 덕분에 웬만한 일에도 지친 적이 없었다.

그러다 보니 충분한 휴식을 취하지 못했다. 설사 피로감을 떨쳐내기 위해서 휴식을 취한다 하여도, 보다 효율적인 행동을 위한 목적 때문이었다.

애초에 휴식이라는 건 생각도, 육체의 노동도 포기하고 말 그대로 쉬는 것이다. 하지만 여태껏 그는 휴식을 취할 때조차도 갖은 생각 때문에 두뇌는 상시 돌아가고 있었다.

"아아……."

몸이 노근하다. 흘러가는 구름처럼 두둥실 떠오른 것 같았다. 눈꺼풀에 추가 달린 듯 점점 가라앉았다. 쏟아지는 졸음을 참기가 힘들었다. 진양은 피곤에 몸을 맡겼다.

"응. 쉬자. 오늘 하루는 잠만 자고 쉬자. 생각하기도 귀찮아. 생각을 그만두자."

*　　　*　　　*

몸과 마음을 비우고, 생각을 멈춘다.

진양은 만 하루 동안 일어날 생각도 없는 듯, 시체마냥 잠들었다. 너무 곤히 자서 황궁에서 그를 곁에서 수발을 들어줄 궁녀, 소흘도 그가 죽은 것은 아닐까 의심했다.

그가 잠들기 전, 미리 소흘을 불러서 깨우지 말라고 언질을 줬기 망정이었지, 만약 그것도 없었다면 고민하지 않고 이상을 깨닫고 황실의 의원에게 치맛자락을 날리며 냉큼 달려갔을 것이다.

그리고 해가 넘어갔다가 다시 떠올랐다. 아직 해가 동산 너머에 머리밖에 내밀지 않았다. 하늘은 어슴푸레하게 빛나고 있을 시간대였다.

소흘은 새벽이 오기도 전에 기상했다.

황궁에 지내는 궁녀의 아침은 이르다. 특히 그중에서도 금의위 등 무인에게 배속되면 무조건 새벽이 오기 전에 일어나야했다.

무인들은 사용인들보다 부지런하다. 무조건적으로 새벽에 눈을 떠서, 운기조식인가 하는 명상과 비슷한 걸 필수로 했다. 사용인은 모시는 자보다 먼저 일어나야했으니 당연히 한밤중에 일어나야했다.

"괜찮으실까?"

소흘의 얼굴은 걱정으로 가득했다.

어제는 진양의 언질 때문에 가만 두었지만, 만약에라도 그가 황궁에서 죽을 경우 보통 문제가 아니게 된다.

게다가 그의 신분은 비록 임시라 해도 금위군의 사범이었다. 그런 높은 분이 죽게 된다면, 곁에 있던 자신도 목숨을 보장할 수 없었다.

피의자가 되어 추포되어 옥에 가는 건 물론이고, 고향에 있는 가족들의 목숨도 보장할 수 없게 된다. 소흘은 그게 걱정됐다.

"음. 벌써 조식 시간인가?"

하지만 그 걱정은 다행히 기우로 끝났다.

진양은 이미 무인답게 일어나 있었다. 방 근처까지 온 소흘의 기척을 느끼고 물은 것이다.

"시, 실례했사옵니다. 저, 저, 저는 그저 상태를……."

소흘은 아차, 하고 입을 다물었다. 그 얼굴은 백지장처럼 새하얗게 질렸다.

황궁에선 알다시피 예법을 굉장히 중시한다. 만약 조금이라도 실수할 경우 참수를 당해도 할 말이 없다. 그만큼 규율이 엄한 편이었다.

실제로 이런 실수를 했다가 일가족 모두가 참수형을 당한 사례도 제법 있었다.

이런 일 때문에 소흘도 조심하는 편이었지만, 그녀는 특별한 목적 없이 그의 상태가 걱정되어 확인하려 했다가 진양이 갑작스럽게 말을 걸어 그만 당황해 버린 것이었다.

'만약 나 때문에 잠에서 깬 것이라면?'

그럼 더더욱 최악이었다.

소문에 의하면 무림인은 물론이고 무인들은 대부분 아침 명상 도중에 방해를 받는 걸 무척 싫어했다. 그냥 싫어하는 것도 아니었고 방해자를 역적 취급하는 수준이었다.

"전 괜찮으니 그렇게 겁을 먹지 않으셔도 괜찮습니다."

진양은 그런 소흘의 마음을 눈치챘는지, 옅게 웃으면서 그녀를 안심시켰다.

"그럼 조식 시간이 되면 다시 불러 주십시오."

"실례했사옵니다!"

소흘은 안도의 한숨을 내쉬면서 사과를 하곤 종종걸음으로 자리를 옮겼다. 기척이 멀어지는 걸 확인한 진양은 방 한가운데 가부좌를 틀고 앉아 몸 상태를 확인했다.

'가볍다.'

평소와는 비교도 할 수 없을 만큼 상태가 좋았다. 몸의 무게가 깃털이 된 마냥 가볍다.

하루 동안의 일과를 모두 잠으로 채웠다곤 하지만, 놀라울 정도로 피로 회복이 좋았다.

그리고 정작 중요한 사실이 하나 더 있었다.

"잠 한숨 푹 잔다고 초절정에 오르다니, 누가 들으면 거짓말하지 말라고 화낼 거야. 나도 황당한걸."

하루아침에 절정의 벽을 깨고 초절정에 올랐다.

물론 초절정에 오를 수 있던 것은 단순히 휴식과 수면 때문이 아니었다. 관창의 말에 의해 큰 깨달음이 존재했기에 절정의 벽도 무너뜨릴 수 있었다.

그 외에도 그는 백여 명의 금의위와 싸우면서 스스로를 극한으로 밀어붙이고 수련에 임했다. 무공 수련도 게으르게 하지 않고, 도리어 심하다 할 정도로 열심히 했다.

거기에 깨달음까지 더했으니, 반대로 그다음 경지에 오르지 않으면 이상해도 좋을 정도였다.

'벽력귀수를 이겼던 건 기적이나 마찬가지였어.'

초절정에 오르니 보지 못했던 것이 보였고, 몰랐던 것을 알게 됐다. 그리고 벽력귀수가 얼마나 강했는지 알 수 있었다.

아무리 절정의 경지에서도 최상승에 속한다고 해도, 절정과 초절정 사이에 있는 벽의 차이는 상당했다.

벽력귀수와의 싸움에는 운도 상당히 따랐다고도 볼 수 있었지만, 결정적으로 이갑자에 이르는 내공과 더불어 양의신공을 비장의 한 수로 쓴 덕분에 승리를 거머쥘 수 있었다.

'새로이 얻은 걸 내 걸로 만들면 시간이 좀 걸리겠어.'

깨달음을 얻고, 경지를 넘었다고 다가 아니다. 그 뒤의

뒤처리도 중요했다.

만약 이대로 경지를 넘었다고 희희낙락하여 그냥 지낸다면, 자칫 잘못했다가 몇 가지 중요한 걸 놓칠 수도 있었다. 초절정이 됨으로서 부족한 걸 정리하고, 새로운 걸 받아내서 지식으로 쌓아야했다.

"저……금위군 무공 사범님."

한참 생각에 빠져 있을 무렵, 다시 방 바깥에서 소흘의 조심스러운 목소리가 들려왔다.

'아, 벌써 이렇게 시간이 지났나.'

생각에 너무 깊게 빠져서 시간이 흘러가는 걸 신경 쓰지 못했다. 눈을 힐끗 돌려 창문을 살피니 하늘에 펼쳐진 밤의 장막은 말끔히 사라지고, 대신 환한 빛으로 가득했다.

새벽 특유의 습기도 사라져 있었고, 숨을 흡 하고 들이쉬니 아침 특유의 상쾌한 공기가 맡아졌다.

"그냥 편하게 양 사범이라 부르셔도 됩니다."

드르륵

방문을 열어젖히며 진양이 상냥하게 말했다.

황궁에서는 서로 친분이 있지 않은 이상, 대부분 관직명을 말해야 했다. 하지만 진양은 자신의 관직명이 제법 긴 편이기도 했고, 또 그렇게 불리는 건 어색한지라 주변 사람들에게 그냥 편하게 양 사범이라고 불러 달라 요청했다.

"양 사범님, 대영반께서 시간만 괜찮다면 조식을 함께 하자고 하옵니다."

이번에는 방문하기 전에 제법 연습을 했는지, 소흘은 한 글자도 틀리지 않고 발음까지 신경 써가며 또박또박 말하였다. 물론 정작 장본인인 진양은 그녀가 어떻게 말하건 별로 신경 쓰지 않았지만 말이다.

"알겠습니다."

第十一章

사녀사화(四女四話)

　황궁에서의 조식은 무당산과 비교할 수 없을 정도로 성대하고 호화롭다. 나라의 중심지이니 당연할 수밖에 없었다. 지방에 있는 관리들도 서민 기준으로 평생 동안 보기 힘든 음식을 먹으니, 그 수준은 평범한 서민 입장에서 상상도 하지 못할 만큼 진귀한 것으로 가득했다.

　그러나 위정배는 사치를 싫어하고, 검소한 성격인지라 이와 같은 진수성찬을 좋아하지 않는 편이었다. 그래서 그런지 위정배와의 식사는 황궁에 나오는 식단에 비해서 조촐한 편이었다.

　"하하하! 자, 얼마든지 마시게나."

그리고 상 위에서는 진귀한 광경이 펼쳐지고 있었다.

위정배는 계속해서 진양의 잔을 채워주고 있었는데, 술 잔이 아니라 웃기게도 찻잔이었다.

겉으로 보기엔 분위기도 딱 술자리였다. 그런데 정작 술 이 아니라 차를 마시고 있었다. 원래 무인, 아니 사내라 하 면 술과 여자는 뗄 수 없는 관계였다.

하지만 위정배는 음주를 즐겨하는 성격이 아니었다.

금의군 전체가 그런 것이 아니라, 위정배만 특이했다. 차를 술보다 좋아해서, 몇몇 무관들 사이에선 '차귀(茶 鬼)'라는 우스꽝스러운 별명으로 알게 모르게 불리기도 했 다.

얼마나 차를 좋아하면, 스스로 찻잎을 재배할 정도였다.

또한 위정배가 그렇다고 술을 아주 못 마시는 정도는 아 니었다. 다만 공식 석상이 아니라면 굳이 찾지 않았다.

"내 양 사범에겐 정말 깊이 감사하고 있네. 얼마 전에 백 여 명의 금의위와의 훈련을 보고 정말이지 깜짝 놀랐 어. 설마 그렇게까지 강해질 줄은 상상도 못했네."

금위군의 훈련이 시작한 지도 어언 두 달이 지났다.

성과가 두 눈에 훤히 보일 정도로 나오고 있어서, 위정 배도 얼마 전에 이를 확인하고 무척이나 놀랐다.

그동안은 너무 바쁘다보니 제대로 확인하지 못했고, 요

새 와서 여유가 좀 생겨서 겨우 확인할 수 있었다.

특히 금의위의 성과가 눈에 돋보였다.

내외법을 배움으로서 쓸데없는 진기 소모를 하지 않게 됐고, 지구력이 상당히 올랐다.

예를 들어서 금의위 한 사람이 전력으로 싸우면 길어봤자 반 시진 정도였는데, 이젠 한 시진을 가볍게 버틸 수 있게 됐다. 아니, 사실 시간을 더 끌기 전에 승부가 나기 때문에 그 이상일지도 몰랐다.

게다가 최근에 와서 차륜전 등 진법에도 익숙해졌고, 또 파훼식도 가르쳐 줘서 전체적인 수준이 껑충 뛰었다.

무림인 한 명을 초청했을 뿐인데, 놀랍도록 그 수준이 높아졌다.

위정배 뿐만 아니라 황제도 이 소식을 듣고 기뻐했다.

자신의 황권이 강화되니, 싫어할 리가 없었다.

대신에 무관의 입지가 넓혀져 문관들이 싫어하고, 제법 반발하여 귀찮은 일이 여럿 생기긴 했지만 그에 비해 얻은 것이 많았다.

일단 내외법이란 걸 전 장수나 무관에게 전해 준다면 금위군뿐만 아니라 명나라 군부 자체가 성장할 터이다.

"그러나……내 자네에게 미안하게 생각하는 것도 있네."

하지만 좋은 소식만 있는 것만은 아니었다.

진양에게 있어 조금 아쉬운 점도 여럿 발생했다.

일단 그에게 약간의 황금을 제외하곤 물질적인 보상이 생각보다 작은 편이었다.

금위군 전체를 강화한 것에 비해선 심하다 할 정도로 보상이 약한 편이었다. 하지만 이럴 수밖에 없는 이유가 있었다.

그의 공적이 워낙 크다보니, 황궁의 관리들 대다수가 진양을 질시하고 경계했다.

이는 문관뿐만 아니라 무관도 포함됐다.

무관이라도 다들 성품이 좋거나 한 것은 아니었다.

물론 그들도 무인으로서 강자에게 경의를 표하기는 했지만, 그건 그거고 이건 이거다.

사람으로서 자신보다 어린 나이의 청년이 이만큼 공적을 세운다는 것에 대한 질투는 당연했다. 또 그 외에도 혹여나 이런 공적 때문에 진양이 만약에라도 관직에 앉아 자신의 밥그릇이 빼앗을지 몰라 부담스러웠다.

"내 자네를 위해 어찌어찌해 봤지만……반발이 거세서 어떻게 할 수가 없었네."

"음……."

진양이 침음을 흘렸다.

그 역시 물질적인 보상을 크게 원하지는 않았다. 하지만 기대를 아예 안 했다는 것은 거짓말이었다.

도사는 확실히 물욕을 멀리해야 하지만, 아주 없는 것은 아니었다. 게다가 이번만큼은 진양도 제법 머리를 싸매기도 하고, 체력적으로 힘들어도 금의위를 성심성의껏 가르쳤다.

이 정도의 노동을 했는데도 보상이 별로라면 기분이 별로 좋지만은 않았다. 흔히 말하는 '호구'가 되고 싶지 않았다.

"어쩔 수 없지요."

진양은 쩝, 하고 입맛을 다시면서 아쉬워했지만 미련을 갖지 않기로 했다. 그래 봤자 남는 것이 별로 없다.

괜히 마음고생만 하지, 차라리 깨끗하게 단념하는 편이 좋았다. 현실적으로 지금 상황을 어떻게 할 수 없었다.

물질적인 보상 대부분을 포기한 진양은 한숨을 내쉬었다가, 주변을 슥 훑어보곤 누가 없는지 확인했다.

다행히 그의 예리한 감각에 걸리는 사람은 없었다. 주변에 사람이 없는 걸 확인한 그는 조심스레 말을 꺼냈다.

"그러면 혹시라도 나중에 무당파에 위험이 생긴다면 도움을 부탁드리겠습니다."

"아아. 물론이네. 그때는 위에서 반대하더라도, 내 사적인 인맥과 힘을 써서라도 자네를 돕겠네."

대영반의 약속된 도움.

이것보다 든든한 것은 없었다.

          *   *   *

청해, 도가장.

백 명은 족히 수용하고도 남을 만한 연무장에서 미모의
여인이 도 한 자루를 들고 초식을 전개했다.

하지만 여인이 살벌한 칼을 쥐고 무공을 수련하는 모습
은 무림에서 그다지 보기 드문 광경은 아니었다.

다만 여인의 신장이 눈에 띌 정도로 컸다. 대충 봐도 육
척에 이르는 키였다.

"후우. 후우. 후욱."

상당한 시간 동안 몸을 움직인 것을 증명하듯, 온몸은
땀이 비 오듯 쏟아져 내렸다. 지독한 열기와 더불어 땀
으로 적셔져 특유의 축축함이 느낌이 불쾌했지만, 여인은
익숙한 듯 별로 신경 쓰는 눈치가 아니었다.

"이년아! 하라는 일은 안하고, 또 여기서 농땡이를 부리
고 있어!"

그때였다.

연무장 출입 부근에서 불호령이 떨어졌다.

여인, 도연홍은 고개를 돌려 목소리의 근원지로 고개를 돌렸다. 그리고 그녀의 얼굴은 종이처럼 구겨졌다.

"윽. 아버지."

딸 만큼, 아니 그 이상으로 커서 고개를 기린처럼 쭉 내밀지 않으면 얼굴 보기도 힘든 거한의 중년인이 험상궂은 얼굴로 붉으락푸르락 하고 있었다.

왈가닥 도연홍의 아버지이자, 도가장의 장주인 일도양단 도기철(道基哲)이었다.

"여기서 열심히 일 하고 있잖아요. 무공 수련."

도연홍이 입술을 삐쭉 내밀며 볼멘소리를 했다.

"허! 일? 웃기고 자빠져 있네! 내 분명 니한테 예법이나 요리 공부하라고 시키지 않았나? 신부 수업하라고! 신부 수업!"

"끄응."

도연홍이 목을 자라처럼 움츠리며 앓는 소리를 냈다.

"에휴우. 너 때문에 골치 아파 죽겠다."

도기철은 이젠 여성이라기보다는 완전히 아저씨처럼 자라 버린 딸의 태도를 보고 한숨을 푹 내쉬었다. 골이 아픈지 관자놀이를 검지로 꾹꾹 눌렀다.

"내가 널 잘못 키웠지, 잘못 키웠어……다 내 탓이다."

도기철은 우울한 얼굴로 한탄했다.

예로부터 도가장의 여자는 기가 센 편이고, 여자들과 어울리기보다는 남자들과 부대껴서 주먹질이나 검을 교환하는 것을 즐기는 편이긴 했다.

하지만 다들 나이를 먹으면서 이성에게도 관심을 가지기 시작하고, 연모하는 남성을 위해서 슬그머니 여성성에 관심을 가졌다.

그래서 이십 대 초반만 되어도 직접 나서서 꾸미고, 가사 일을 직접 하는 등 스스로를 가꿨다. 시집가기 위해서 말이다.

하지만 도연홍은 전혀 아니었다.

그녀는 지독한 외골수였다.

무공이 아니라면 관심을 두지 않았고, 한창 질풍노도의 시기를 보내며 남자들을 조심해야 할 나이에도 이성에 대해 전혀 관심을 두지 않았다.

혹시 두뇌가 잘못된 건 아닐까 싶을 정도로 남녀관계에 관심이 없는 편이었고, 여성인데도 불과하고 흙바닥을 사정없이 구르는데 주저가 없었다.

그 외에도 여자라면 울음을 터뜨릴 정도로의 흉터가 생기는데도 그다지 개의치 않았다.

아무리 왈가닥으로 자라고, 여성성이라곤 미모와 몸매

외에는 존재하지 않는 딸이어도 흉터가 생겨 나중에 후회하는 건 아닐까 싶어서 자신이 직접 나서 위명이 자자한 의원을 데려와 흉터를 지우게 할 정도였다.

하지만 이런 노력에도 불과하고 도연홍은 변할 생각을 도통 하지 않았다. 이미 결혼 적령기는 넘은 지 오래다.

주변 여러 문파나 무가 사이에선 혹여나 도연홍에게 어떤 문제가 있어 혼례를 이루지 못하는 건 아닌가 하는 등의 참을 수 없는 헛소문도 퍼지고 있었다.

하지만 이걸 막을 수 있는 방법이 없었다.

강호 무림의 혼령기는 일반인에 비해 늦는 편이라고 해도 이십 대 초반이다. 그 이상 넘어가면 누구나 이상하게 보는 편이었다.

특히 무공이면 무공, 외모면 외모. 그리고 도가장이라는 든든한 배경이 있는데도 아직까지 혼례를 이루지 못했다는 건 확실히 문제가 없으면 이상한 상황이었다.

그래서 도기철은 그런 딸이 걱정돼서 따로 불러서 설득도 해 보고, 협박도 해 보고, 부탁도 해 봤지만 이놈의 웬수같은 딸은 전혀 생각을 고쳐먹을 생각이 없어보였다.

도리어 '그냥 혼자 살면 안 될까? 그리고 마음에 차는 남자도 없는데.' 라고 버릇없게 대들기도 했다.

그래서 도기철은 스스로의 자존심도 깎아가며, 여러 가

문에 부탁하여 제법 괜찮은 남자를 잡아와 맞선도 열어보
곤 했다.

'허. 세상에 어떤 여자가 맞선 상대에게 싸움을 거나?'

맞선을 열어보았지만, 도연홍은 무슨 생각인지 맞선 상
대를 만나자마자 비무를 청했다.

그리고 비무의 결과는 모두 도연홍의 승리였다.

또한, 맞선은 당연히 죄다 무산됐다.

비무도 양가가 보는 앞에서 공적으로 시행된 데다가, 거
기에서 진 맞선 남들은 죄다 여자에게 졌다는 사실 때문에
자존심이 상해서 거부한 것이다.

하기야, 아무리 무가로 명성이 자자한 도가장의 여식이
라고 해도 남자 입장에선 혼례를 올릴 대상이 자신보다 강
하다면 세간에서 기둥서방이다, 혹은 남자로서 자존심이
없냐 등의 시선이 꺼림칙할 것이다.

그래서인지 이후에는 남자들 대부분은 아무리 청해의
제일가는 미녀라 해도, 정작 맞선 상대라면 기겁하면서 죄
다 거절했다.

대부분의 남자는 자기보다 월등히 강한 여자를 아내로
맞이하는 걸 좋아하지 않는다.

"아니, 대체 비무는 왜 신청하는 게냐? 그냥 얌전히 있
으면 안 돼?"

처음에는 그래도 딸의 의지를 존중하려 했지만, 시간이 갈수록 문제가 터지자 보다 못한 도기철이 나서서 딸을 크게 혼냈다.

그도 명색의 무가의 우두머리로서, 확실히 사윗감은 비실비실한 놈보다는 무공 좀 제법 하는 남자를 원했지만 지금은 전혀 아니었다. 누구든 좋으니 제발 딸을 데려갔으면 좋겠고, 하루라도 빨리 혼례를 올리고 싶었다.

이러다가 딸이 어느 날 비구니가 되겠다며 아미파라도 입문할까 봐 겁이 덜컥 들었다.

"아버지. 부부 싸움을 하다가 남편이 죽기라도 하면 큰일이잖아요? 그럼 무공을 어느 정도 해야 하지 않겠어요?"

"허……이 미친년이……."

어떤 학자가 할 말이 없으면 욕을 한다 했는데, 그 말이 확실히 맞는 것 같았다. 도기철은 기가 찬 표정으로 도연홍을 바라보며 딸을 어떻게 해야 할지 감을 잡지 못했다.

"아버지. 그리고 신부 수업은 좀 밀면 안 돼? 이러다간 나 동생 앞에서 얼굴도 못 든단 말이에요."

"이젠 또 이 애비한테 은근슬쩍 반말까지……."

도기철이 어울리지 않게 울상을 지었다. 팔 척에 가까운 오십 대의 중년인이 눈망울을 글썽이는 건 제법 괴이하고 징그러운 광경이었다.

"어릴 때부터 널 너무 오냐오냐 키웠어."

도기철의 자식들은 모두 삼남(三男) 일녀(一女)다.

그중 도연홍은 둘째임에도 불과하고도 하나밖에 없는 딸이라서 그런지 어린 시절부터 도기철의 예쁨을 독차지했다. 허나 너무 오냐오냐해서 그런지, 도연홍은 자신을 무슨 아버지가 아니라 친구마냥 대했다.

물론 그렇다고 아주 무례할 정도는 아니었다.

도연홍은 아주 철없는 것도 아니었고, 주제파악은 충분히 했다. 흔히 말하는 '개념'이 충만했다.

두 부녀 사이의 정을 돈독하여, 너무 친한 편이라서 친구 같은 부녀 사이인 것뿐이었다.

"그리고 연홍아. 동생들에게 자랑스러운 누나가 되고 싶은 마음은 충분히 알고 있지만, 넌 이미 기우나 기목이보다 강하지 않느냐?"

이제 막 약관이 된 도기우와, 이제 막 열다섯이 된 도기목은 도연홍의 두 남동생이다. 둘 다 도가장의 사내답게 키도 훤칠하고, 무가의 남자답게 예닐곱 살부터 무공 수련에 힘썼다.

하지만 마찬가지로 축복받은 신체를 지녔고, 무공에 재능이 있는데다가 독할 정도로의 무공광인 도연홍에 비하면 크게 강하다고도 할 수 없었다.

아니, 그 둘이 딱히 약한 것은 아니었다. 도연홍이 비상식적으로 나이에 비해 강한 것뿐이었다.

"기우와 기목이 말고요."

"엥? 그게 뭔 소리냐? 그 둘 빼고 너한테 동생이 어디 있다고? 미리 말하지만 난 니 엄마 만난 이후론 어떤 여자도 손대지 않는단다."

"제 의동생 양이 말이에요. 저번에 말씀드렸잖아요?"

"의동생……? 그건 또 뭔 소리냐."

도기철이 눈살을 찌푸렸다.

"제가 용봉비무대회 때 만난 무당파의 사대제자 진양이요. 기억 안 나세요?"

"흠……."

도기철은 잠시 과거를 회상했다.

용봉비무대회의 습격 당시에 무림 전체는 혼란에 빠져 있었다. 도기철도 그때는 정신이 없었다.

한 단체의 우두머리로서, 정파와 마교의 움직임을 살피면서 근처의 구파일방 중 곤륜파와의 회의에도 참석하여 여러 이야기를 나눴다.

그리고 또 용봉비무대회에 참석한 하나밖에 없는 딸이 혹여나 사고에 휘말려 크게 다친 것은 아닐지 걱정하여 노심초사했었다.

다행히 도연홍이 무사하다는 소식을 듣고, 그녀에게 하루라도 빨리 복귀하라 했다. 혹시 몰라 도가장의 일부 무사들을 보내서 그녀의 마중을 시켰다.

이후에 도연홍이 무사하게 복귀했을 때는 딸에게 무슨 상처는 나지 않았는지 정신이 한쪽으로 몰려서 그녀가 뭐라 말했지만 솔직히 머리로 들어오지 않았다.

즉, 결론적으로 말하자면 용봉비무대회 사건이 터진 직후 도연홍이 말한 건 죄다 잊어먹었다는 소리였다.

"그렇게 말하니 말한 것 같기도 하고……잠깐! 지금 무당파의 진양이라고 했느냐?"

도기철의 얼굴에 경악이 어렸다.

"네. 그 진양이요. 듣기론 얼마 전에 정식으로 금의군의 사범이 됐다고 하더라고요. 그렇다면 무위도 상당하다는 뜻인데, 누나로서 동생보다 약하면 자존심 상해요."

도연홍은 확실히 여자와는 거리가 먼 사람이었다.

그녀는 아직도 다 큰 남동생들에게 '누군가가 괴롭힌다면 누나한테 말해. 다 패 죽여줄 테니까.'라며 말하고 다니곤 했다. 물론 어이없는 말이었다.

도기부와 도기목 형제는 어릴 적부터 웬만한 어른들도 기가 죽을 정도로 장대한 신체를 가졌고, 무공도 뛰어나서

흑도 방파와 시비가 붙었을 때 상대편을 거의 반 죽여 놨다. 결코 어디 가서 괴롭힘 받을 성격이 아니다.

"잠깐. 잠깐. 대체 어떻게 된 거냐? 그놈하고 의남매를 맺었다고? 자세히 좀 설명해 보거라."

도기철이 딸의 어깨를 붙들고 재촉했다.

"그게……."

그녀는 자신의 아버지에게 진양과 만나가 된 경위와, 친해져서 서로 누나 동생하기로 한 것까지 알려 주었다.

"하하핫! 뭐야, 그랬나. 그랬었구나! 왜 그걸 진작 말 안 했나!"

이야기를 다 들은 도기철이 함박웃음을 터뜨리면서 기뻐했다. 그는 나이에 맞지 않게 마치 소년처럼 눈을 반짝반짝 빛내며 환희에 가득 찬 모습을 보였다.

"아버지, 혹시 오해하는 건 아니지요?"

도연홍이 불안 가득한 표정으로 물었다.

"어허! 오해기는? 네가 사윗감 소개시켜 준 것이 뭘 오해냐? 내 눈치 보지 말고 그냥 말하지 그랬냐. 내가 술을 좋아하긴 하지만, 그렇다고 사위가 술을 멀리하는 도사라고 해도 마음에 들어 하지 않을 소인배가 아니다!"

"아버지, 양이는 사윗감이 아니고 제 동생이에요, 동생. 비록 피는 이어지지 않았지만 어떻게 남동생을……."

"닥쳐! 원래 누나가 약혼자 되는 거고, 약혼자가 가가 되는 거야!"

도기철은 이 기회를 놓칠 생각이 없었다. 이미 그의 머릿속에는 다 커서 애교는 눈 씻고도 찾을 수 없는 징그러운 딸을 누군가에게 떠넘기는 생각밖에 없었다.

게다가 도사라는 점만 빼면 진양은 딱 알맞은 사윗감이었다.

무공이면 무공, 명성이면 명성, 출신이면 출신.

어느 하나도 부족한 점이 없었다.

물론 무당파의 정식제자 대부분은 여자를 자연스레 멀리하다 보니, 결혼할 생각도 별로 없다는 소문이 신경 쓰이긴 했지만 그건 특별히 큰 문제는 없었다.

남자는 서른이 되기 전은 아직 아이다. 설사 도력이 고강한 무당파의 도사라고 하여도, 청해제일미씩이나 되는 딸아이가 앞에서 유혹하면 버틸 리가 만무했다.

그걸 눈앞에서 인내한다면 그건 도사가 아니라 고자다.

"연홍아. 내 딸 연홍아. 이젠 수업은 하지 않아도 되니까, 그냥 남자 하나만 잡아와라. 양인가 하는 도사 놈 데려와서 기둥서방 해도 되니까, 데려만 와라."

"수업 안 해도 된다고요?"

방금 전까지 질겁한 채로 어찌할 줄 몰랐던 도연홍의 표정이 싹 변했다. 지겹고 맞지도 않는 신부 수업을 그만둘 수도 있다는 유혹에 귀가 솔깃했다.

"그래. 생각해 보니 그놈이랑 아주 천생연분이구나. 그놈이랑 살면 오순도순 주먹질하고 칼질 좀 하면서 부부 싸움을 한다고 해도 잘 다치지 않겠지? 게다가 네가 그토록 좋아하는 무공 수련도 눈치 보지 않고 할 수 있고."

말만 들어오면 정상은 아니다.

하지만 딸을 하루라도 우선적으로 시집을 보내기 위한 도기철 입장에선 부부 싸움이라도 하면 피 튀기는 신혼 생활이 어떻건 상관없었다.

일단 남자라곤 쥐뿔도 관심 없는 딸이, 강호에 나가서 한 남자와 친분이 생겨서 왔다. 이십 년을 넘도록 아는 남자라곤 도가장의 가족밖에 없던 도연홍이다.

그런 딸이 강호에서 남자와 친분을 맺었다 하면, 그 남자와는 필시 무엇이 있을 것이라 생각하는 도기철이었다.

*　　　*　　　*

사천, 진미객점

"어머."

송화는 큰 눈을 껌뻑이며 놀란 표정을 지었다. 그녀의

고사리같이 얇은 손끝에는 한 장의 서신이 들려 있었다.
발신지는 황도인 북경이었다.

"아버님. 큰일이에요."

"뭐? 큰일? 내 귀한 딸을 마음 아프게 하는 건 어떤 새
끼냐!"

송직모가 으르렁거리며 불같이 화를 냈다. 안 그래도 요
새 살림살이가 나아진 이후로, 송화에게 치근덕거리는 무
뢰배가 많아져서 신경이 많이 예민해졌다.

"아니요. 반대로 즐거운 소식이 와서 그랬어요."

"잉? 그게 무슨 소리냐?"

"양 오라버니가 북경에서 금위군의 사범이 되었데요."

송화는 자주는 아니지만, 진양과 서신을 주고받으면서
연락을 하곤 했다.

그리고 오늘 아침, 평소처럼 무당파가 아니라 북경에서
온 편지를 본 송화는 갸웃했지만 곧 이내 내용을 읽고 어
째서 북경에서 왔는지 알 수 있었다.

"응? 아아, 그 일 말이더냐."

"어라? 알고 계셨어요?"

"그럼. 아주 유명한 얘기이니까 말이다."

객점이건 객잔이건 간에, 음식 먹는 장소에는 사람들이
가장 많이 모이는 장소다. 그러다 보니 들을 수 있는 것이

많은 편이었다.

후배 숙수를 가르치면서, 요새는 음식보단 대부분 객점 주로서 계산을 맡는 송직모는 계산대에 있다가 여러 이야기를 듣는다.

진양의 소식 또한 몇 번 들은 적 있었다.

아니, 솔직히 굳이 계산대에서 손님들이 하는 수다를 듣지 않아도 송직모는 필히 알았을 것이다.

그는 집안 사정이 좀 나아진 이후로, 북경이나 황궁에 대한 소문이나 움직임은 정보 단체에 일정하게 돈을 쥐어 주고 듣고 있었다.

북경에서 쫓아난 입장이고, 아직 황실 숙수들과 사이가 좋지 않은 편인지라 그 후폭풍을 경계하는 탓이었다.

그래서 송직모는 언제든지 사천을 떠날 수 있도록 여러 가지 만반의 준비를 하고 있는 상태였다.

"차암, 양 오라버니 소식을 아버님만 알고 계셨다니. 너무해요."

송화는 뺨에 바람을 불어넣어 부풀렸다. 살짝 삐친 모습이 만약 객점 밑층의 남자들이 본다면 정신을 차리지 못할 정도로 귀여웠다.

그녀의 아버지인 송직모는 그 귀여운 모습에 행복해하면서도, 귀하고 사랑스러운 딸이 혹시라도 삐쳐서 자신과 이야기를 하지 않으면 어쩌나 싶어 화들짝 놀라 갖은 변명을 꺼냈다.

"크, 크흠! 아니다. 오해란다, 아가야. 강호의 소문은 원래 부풀려지기 마련이라, 확실하지 않은 소문을 말하고 싶지 않아서 그랬단다. 만약 나중에 거짓이라고 밝혀지면 네가 실망할 수도 있잖니?"

"아버님, 감사드려요. 그렇지만 소녀는 설사 그 소문이 거짓이여도 실망하지 않을 거예요. 아마 그 소문에 견줄 정도로 양 오라버니는 분명 굉장한 일을 하고 있을 테니까요."

송화는 살짝 뺨을 붉히며 배시시 웃었다.

'크으윽! 은인이라 이건 욕할 수도 없고!'

천하에 둘도 없는 팔불출인 송직모는 딸이 이렇게 신뢰하고, 좋아해 주는 상대인 진양에게 극심한 질투를 느꼈지만 나쁘게 볼 수는 없었다.

만약 그가 먼 무당파에서 찾아오지 않았더라면, 인탈방의 손아귀에서 자신과 딸은 무사하지 못했을 것이다.

"그럼 저도 양 오라버니에게 지지 않도록 더 열심히 해야겠네요. 아버님, 오늘도 소녀에게 가르침 부탁드리겠습니다."

송화가 허리를 공손히 숙이며 인사했다.

그녀는 최근 송직모에게 요리를 배우고 있었다.

하지만 그 이유가 송직모 입장에서 조금 괘씸했다. 딸은 나중에 진양이 사천으로 놀러온다면, 맛있는 요리로 그를 기쁘게 해 주고 싶다고 했다.

아비가 아니라 사내놈 때문이라니. 이래서 딸을 키워봤자 남는 게 없다고 하는 것 같았다.

열심히 공들여서 예뻐해 주고 아꼈는데 정작 도둑놈이 찾아와 그걸 가져가다니. 물론 진양이 사윗감으로서 나쁜 편은 아니었지만, 아버지라서 배가 아픈 건 어쩔 수 없는 일이었다.

"저도 꼭 아버님처럼 되고 싶어요. 양 오라버니가 예전에 아버님한테 요리를 대접받고 좋아하는 게 아직도 잊혀지지가 않는걸요."

"으하하하! 그래? 내 요리가 대단하긴 하지! 암!"

물론 그 불쾌함은 딸의 칭찬으로 깨끗이 사라졌다.

자고로 딸의 애교에 지지 않을 아버지는 이 세상에 아무도 없었다.

*   *   *

북경, 선외루.

잿빛으로 물든 연기가 뭉게뭉게 피어오르는 장죽을 한 손으로 쥔 채 한가히 하루를 보내고 있는 백리선혜는 앞에 부복한 청실의 보고를 듣곤 요부처럼 짙은 미소를 지었다.

"과연, 양 공자로구나. 금위군의 사범으로 들어간 것 도 모자라서 황제가 기뻐할 정도로 성과를 보여 주고 있다 니."

선외루는 알다시피 대외적으로는 기루지만, 그 속을 들 어보면 중원의 제일가는 정보 단체이다.

양적인 면에서는 개방보다는 떨어지는 편이지만, 질적 으로 보자면 중원에서 제일가는 곳이었다.

그러다 보니 설사 황궁이라 해도 선외루의 눈과 귀를 피 하기는 힘들었다.

황궁의 관리들 중에서 환관을 제외하면 여자를 좋아하 는 것은 당연지사고, 그중 아홉은 모두 선외루를 즐겨 다 닌다고 해도 무방했다.

황궁의 인물들과 잠자리를 같이 한 기녀들은 이렇게 몰 래 선외루로 정보를 보내왔고, 백리선혜는 그중에서 진양 과 관련된 정보를 선별하여 정기적으로 보고 받고 있었다.

"가까이 하고 싶거늘, 어째 양 공자는 멀어져만 가는구 나."

잠깐 동안의 동행. 그리고 그녀는 그 동행 속에서 진양을 일반 남자들과 달리 특별한 남자로 받아들였다.

그것이 연정인지, 아니면 단순한 호기심인지는 백리선혜 본인도 잘 몰랐다. 만나 봐서 이 애매모호하고 혼란스러운 감정을 확인하고 싶었다.

하지만 어째 시간이 갈수록 만나기가 힘들어진다.

여자를 멀리해야 하는 도사 입장에서 기녀를 대놓고 만나기도 그렇고, 그래서 강호에 나가 여행 중이라면 몰래 만나려 했는데 황궁에 틀어박혔으니 기녀의 몸으로서 방문할 수도 없었다.

그래도 혹시 몰라서 만약 성욕을 풀기 위해 기루를 방문할지 몰라 먼 북경까지 찾아왔는데 그럴 생각이 전혀 보이지 않는다.

"양 공자는 언제 무당으로 복귀할 것 같으냐?"

"황궁에서 들은 정보에 의하면 빠르면 두 달, 느리면 네 달 정도 걸릴 것 같아요. 하지만 금위군 훈련의 성과가 워낙 높은지라 아무래도 두 달 혹은 세 달 정도 될 것 같다고 생각되옵니다."

"음. 좋다. 사도련에서의 움직임은?"

"그건……."

청실이 말을 아끼며 백리선혜의 눈치를 봤다.

"괜찮다. 말해 보거라."

"……사도련 내부에서 양 공자를 무림맹주와 같은 등급으로 척살 순위를 높였다고 해요. 아무래도 벽안검화의 척살에 실패한 것 때문인지……많이 분노했다고 하옵니다."

　"흥."

　백리선혜가 콧방귀를 뀌곤 눈을 가늘게 떴다. 그 안에 보이는 눈동자가 섬뜩하게 빛냈다.

　사도련에서 벽안검화의 척살 임무를 아는 자는 적다. 손가락에 손이 들 정도로의 최고위층 밖에 없었다.

　실제로 임무의 보안을 위해서 사도련주가 직접 나서서 하위 관계자 등은 모두 비밀스럽게 참수했다고 한다.

　하지만 그래 봤자 였다. 다른 곳은 몰라도 중원 각지의 고급 정보는 모두 선외루로 들려오기 마련이었다.

　남자는 대부분이 술과 미녀에게 환장한다. 특히 사도련의 경우엔 대부분이 아니라 전부라 해도 좋을 정도다.

　어떤 정보라고 해도, 미녀가 술을 따라주고 취하게 만들어 경계를 허물게 만들면 불기 마련이었다.

　기녀의 정보 체계가 엄중히 비밀로 관리되어 있기 마련이지, 만약 그렇지 않는다면 선외루는 너무 많은 것을 안다는 이유로 멸망할 것이다.

　물론 설사 그렇다 해도, 선외루는 각 단체에 치명적이 될 정보와 증거를 쌓아 놓고 있으니 쉽게 멸문하지는 않을 것이지만 말이다.

여하튼 덕분에 백리선혜는 벽안검화의 습격을 아는 몇 안 되는 인물 중 하나였다.

"감히 나의 공자님을 건들다니……도저히 무시만 할 수 가 없구나."

'나의 공자님?'

청실은 속으로 매우 당황했다.

어릴 적부터 그녀를 보좌했지만, 백리선혜가 남자 한 명을 이렇게까지 거론한 적도 없을뿐더러 자신의 것이라 지칭한 적은 한 번도 없었기 때문이었다.

"후. 할 수 없지. 정보 조작을 해도 괜찮으니, 웬만하면 공자께 피해가 가지 않도록 노력을 아끼지 말거라. 또 특별한 일 외에도, 공자님에 관한 정보는 언제든지 보고하도록 해라."

사도련주는 위험하고 무섭다.

남자라면 경시하는 편인 천하의 백리선혜도 사도련주를 적으로 두기에는 꺼림칙해하는 편이었다.

심지어 그녀를 어릴 적에 거두어서 키워주었던 전대의 선외루주 역시 사도련주 만큼은 조심하도록 경고했다.

사도련주가 정말 무서운 건 무공이 아니다. 무림팔존이라 불리며 경의 받는 그 무위가 확실히 대단하긴 하지만,

진정 무서운 것은 깊은 심계와 더불어 완벽한 계획성. 그리고 목표를 위해서라면 천년만년 기다릴 수 있는 인내심이었다.

"그렇다고 너무 적극성 있게 움직이는 말거라. 특히 사도련주의 눈에 띄지 않도록 조심, 또 조심하는 것을 잊지 말도록 하려무나."

"명심할게요. 루주님."

*　　*　　*

"소미야, 우리 양이는 정말 대단하지 않니?"

"네. 그럼요."

소미는 아침부터 계속된 사제의 자랑을 하는 진연 때문에 죽을 맛이었다.

확실히 진양은 무당파 내에서도 선망의 대상이었다.

시녀들은 모두 진양의 이름만 들어도 황홀한 표정을 짓고, 그가 무당파에 오기를 손꼽아 기다리고 있었다.

그 외에도 그와 동기인 사대제자들도 진양을 자랑으로 여기거나, 혹은 질시하는 모습도 종종 발견됐다.

소미 본인도 그런 진양과 친분이 상당하는 걸 처음에 종종 과시하면서 즐기기도 했다. 하지만 그 기간은 짧았다.

그녀가 모시는 주인, 진연이 시도 때도 없이 '양이가 금위군의 사범이래. 정말 멋있지?' 등등 셀 수도 없을 만큼의 자랑을 귀가 딱지가 앉도록 얘기했기 때문이었다.

솔직히 슬슬 그만둬줬으면 좋겠다.

"후후후. 키도 훤칠하고, 무공도 쌔고, 게다가 남들이 모르는 걸 알 정도로 학식도 높단다. 게다가 남자의 그곳도 정말 대단……."

"응. 정말 대단해요. 그리고 방금 대사는 여자로서 여러 가지 타격이 크니까 자제해 주실래요?"

第十二章

무당귀행(武當歸行)

　진양에게 훈련을 받던 약 천 명의 금위군은 약 이틀 동
안의 휴식을 명령 받았다. 이 휴식 기간 동안에는 뭘 해도
자유라 했고, 원하면 훈련을 해도 좋다고 했다.

　만 하루 동안 수면을 취한 휴식 덕분에 벽을 허물고 초
절정에 올라 휴식의 중요성을 깨닫고 이런 명령을 내린 것
이다.

　나쁜 생각은 아니었다. 실제로 금위군은 날이 갈수록 빠
르게 성장하는 편이었지만 훈련이 너무 빡센 감이 있었다.

　그들도 정신적으로도 육체적으로도 조금 지친 편이었는
지라, 이런 조치는 좋은 편이었다.

금의위도 금위병도 이 소식을 듣자마자 쌍수를 들고 환호하며 좋아했다. 비록 단 이틀밖에 되지 않았지만, 그래도 귀중한 휴식이었다.

진양은 좋아하는 그들을 보고 앞으로도 일주일에 한 번은 아무것도 하지 않는 휴식을 내리자고 속으로 생각했다.

또한 진양 역시 이참에 살짝 게으름을 피우기로 했다.

도가에서 나태는 죄악으로 손꼽지만, 진양은 효율을 위해서라도 가끔 게으름을 피우는 것도 필요하다고 생각했다. 살짝 양심이 찔리긴 했지만 그래도 인간이 어째 일만 하나, 제법 그도 인간다워진 모습을 보였다.

"양 사범. 괜찮다면 저희와 어울리지 않겠소?"

쉬는 도중에 관창이 찾아와서 술자리를 권했다.

대낮부터 술을 마시는 건 썩 보기 좋지는 않지만, 진양도 금위군과 너무 어울리지 않는 것도 좀 그래서 술자리를 받아들였다.

"아. 그런데 도사인데도 술을 마셔도 괜찮소?"

"약주 정도는 괜찮습니다. 무당에선 주색을 멀리하라고 하지만, 소림사처럼 금(禁)하는 정도는 아닙니다."

"그래? 아주 좋군!"

진양은 금의위 몇몇과, 아홉 명의 금위병 백인장들과 함께 술자리를 가졌다. 장소는 황궁을 벗어나 북경에서 금위군이 자주 다니는 객점을 전세내서 하루를 보냈다.

"양 사범님 덕분에 상승 무공을 배웠습니다. 자, 저희의 감사주부터 받으십시오."

한참 즐길 무렵, 백인장들이 진양에게 술을 건넸다.

원래는 한 사람씩 술을 각각 돌려야 했지만, 진양은 도사의 신분이라서 술을 많이 마실 수 없기에 이 점을 배려하여 백인장 중 제일 고참인 석오랑(石五浪)이 따랐다.

그 뒤로 남은 여덟 명의 백오장들은 술을 따라주지는 않았지만, 각각 진심을 담아 감사를 표했다.

진양은 그 외에도 백인장들과 평소하지 못한 이야기를 나눴다. 주로 출신이나 연령, 혹은 전쟁 경험이거나 가족에 대한 이야기였다.

그리고 이야기 도중 뜻밖의 사실을 알 수 있었다.

"속가제자였다고?"

"예. 청자배 동문들과 함께 무공을 수련했습니다."

"그럼 사부님과 같은 삼대제자로군요. 실례했습니다."

진양은 깜짝 놀라 석오랑에게 진심을 담아 사과했다.

비록 속가제자라고 해도, 삼대제자는 사대제자보다 배열이 위다. 정식제자냐, 속가제자냐 상관없이 무당파의 규율은 제자들 사이에 배열이 차이나면 예의를 차려야한다고 되어 있었다.

"하하하, 괜찮습니다. 속가제자라 해도 이젠 무당파의 무공을 포기하기도 했고, 반대로 제가 죄송할 나름입니다. 부디 말을 편히 해 주십시오."

"맞습니다. 석오랑 이놈은 줏대가 없는 놈이라, 이참에 비오는 날 먼지 나도록 맞아야 합니다."

"하하하하!"

주변에서 다른 백인장들의 웃음소리가 흘러나왔다.

그러나 그건 딱히 비웃는 것이 아니었고, 혹시라도 분위기가 이상해질 것 같아 그들 나름대로의 배려였다.

하기야, 생각해 보면 석오랑 입장에서도 제법 불편할 것이다.

석오랑은 금강철벽포를 배울 수 있다는 소식에 주저하지 않고 무당파에서 속가제자일 적에 배운 무공을 포기했다. 자칫 잘못하면 무당파의 무공이 금강철벽포보다 쓸모없다는 오해를 살 수도 있는 행동이었다.

하지만 그건 틀린 말이 아니었다. 확실히 속가제자가 배워 온 무공은 삼류에서 이류 수준. 일류에 속하며 대성한다면 절정에도 이를 수 있는 금강철벽포에 비해 낮은 무공이 맞았다.

무공은 물려받았으나 출가하지 않은 자를 일컬어 속가제자(俗家弟子)라 부르는데, 속가제자는 그 문파의 정식제자로 대우를 받지만 출가를 하지 않았기에 법통(法統)은 물려받지 않는다.

대부분 속가제자는 도가나 불가에만 있는데, 이런 제도가 있는 연유는 돈을 벌기 위함이었다.

보통의 무림명파는 각 지역의 불량배나, 흑도방파. 산적 등은 토벌하는 대가로 돈을 받는다. 만약 돈을 받지 않으면 문파를 유지할 수 없기 때문이었다. 혹은 그 외에도 전장을 운영한다거나, 표국을 운영하는 등 여러 가지 사업을 펼쳐 돈을 벌기도 했다.

하지만 도가나 불가같이 물욕을 금하는 등의 곳에선 쉽게 돈을 벌 수 있는 방법이 없었다. 일단 대대적으로 장사 활동 자체를 할 수 없다.

그래서 고안한 것이 이 속가제자다.

솔직히 툭 까놓고 말하면 무공을 파는 행위였다.

물론 그렇다고 정식제자도 아니고 출가한 사람도 아닌 자에게 상승 무공이나 절기를 가르쳐줄 수는 없었다.

그러다 보니 속가제자가 배우는 무공은 한정되어 있다.

시주(施主)가 많다면 제법 높은 편에 속하는 무공을 배울 수 있었지만, 석오랑은 일반 농가에서 태어난지라 돈이 별로 없어서 태극권과 그 수준과 엇비슷한 것밖에 배우지 못해 대단하다고 할 수 없었다.

"아닙니다. 그래도 사형은 사형입니다. 예의 없게 말을 놓을 수 없었다."

무당파는 대대로 항렬에 대해선 완고한 편이었다.

무당선 제자가 파문되지 않는 이상 어떤 경우에도 항렬을 지켜 예의를 차려야했다.

설사 속가제자가 상대라도 그렇다. 그걸 지키지 않는다면 크게 혼나는 수준에서 멈추는 것이 아니고, 벌을 받을 정도였다.

"끄응. 알겠네. 그래도 내가 나이라도 많아서 다행이구만. 만약 나이가 적었으면 정말 난감할 뻔했어."

석오랑도 그걸 모르는 바가 아닌지라 억지를 부리지 않고 진양에게 다시 말을 놓았다.

＊　　　＊　　　＊

이틀이란 시간이 쏜살같이 지나갔다.

자고로 휴일은 체감 상으로 어떤 날보다 빠른 법. 금위군은 달콤한 휴일이 아쉽지만, 그래도 다시 훈련을 위해서 재위치를 찾아 몸을 움직였다.

진양도 다시 금의위와 함께 일대다수로 훈련을 지속하려 했지만, 오늘은 할 수 없었다.

서교의 언니이자, 현 황제의 애첩인 서후가 자신을 불렀기 때문이었다.

서후에게 부름을 받은 진양은 나름대로 옷차림도 단정히 하고, 눈곱은 끼지 않았는지 신경을 썼다.

지금 만나야할 사람은 명나라의 역사상으로 최고 권위를 자랑하는 황제가 아끼는 후궁이다. 그녀 앞에서 자칫 실수라도 했다간 황제의 분노를 그대로 맞이할지도 모른다.

"당신이 소문으로만 듣던 양 사범이신가요?"

"예. 무당파의 사대제자, 진양이라고 합니다."

진양이 머리를 바닥에 붙이곤 공손하게 인사했다.

"머리를 드세요."

"제가 어찌……."

"괜찮아요. 제가 허가했으니 머리를 들도록 하세요."

여기서 더 거절할 수도 없는 노릇인지라, 진양은 머리를 조심스레 들었다.

서후는 벽안검화의 친언니답게 금발에 벽안의 소유자였다. 이 시대에 보기 드문 여장부인 서교와는 다르게, 여성성이 돋보이며 유약한 인상이 묻어났다. 그래도 피는 못 속이지는 그녀 역시 대단한 미녀였다.

진양이 알기론 서후의 연령은 삼십 대 후반으로 알고 있는데, 놀랍게도 외양을 보면 전혀 그렇게 보이지 않았다. 도리어 서교와 서면 언니와 여동생이 서로 바뀐 것 같았다. 그만큼 서후는 젊어보였다.

'괜히 황제가 빠진 사람이 아니로구나.'

신하긴 했으나 그 얼굴을 불경하게 오랫동안 쳐다볼 수는 없었다. 그래서 시선은 조금 아래쪽을 향했다.

"만나서 반가워요. 여동생에게 당신에 대해 여러 가지를 들었어요. 좋은 사람인 것 같더군요."

대화는 주로 서후가 주도하였다. 유약하고 소심해 보이는 인상과는 달리 그녀는 제법 수다스러운 성격이었다.

게다가 어째서인지 연령이나, 호적, 가족 등에 대해서 물었다.

진양은 이러한 질문에 조금 의아해하긴 했지만, 아무래도 여동생의 사범이다 보니 어떤 인물인지 알고 싶어 하나 하고 성심성의껏 답해 줬다.

물론 답이라고 해도, 그는 고아 출신인지라 연령을 제외하곤 딱히 말해 줄 것도 없었다.

"불우한 어린 시절인데도 불구하고 아주 잘 자라셨군요. 정말 존경스러워요."

"아닙니다. 사부님을 비롯한 무당파의 식구들이 절 잘 인도해 준 덕분입니다."

"후후."

서후는 진양의 대답에 흡족한 듯한 웃음을 보였다.

"이 정도면 꽤나 괜찮은 남자……."

그러곤 진양이 들리지 않도록 중얼거렸다.

물론 고수인 진양의 청각에는 그대로 들려왔지만, 무슨 의도로 이런 말을 하는 건지 이해가 가지 않았다.

"양 사범. 이제부터 잘 듣도록 하세요."

"경청하겠나이다."

"조금 있으면 양 사범이 온지도 세 달이 될 거예요. 폐하께 들은 바에 의하면 당신이 황궁에 머무를 기한은 최대로 약 석 달 정도죠?"

"그렇습니다."

"그것밖에 되지 않다니……정말 아쉽네요. 마음 같아선 양 사범을 좀 더 황궁에 있도록 조치하고 싶지만……아무래도 궁궐 내에서 당신을 그다지 달가워하지 않는 인물들이 제법 있어서 그러지는 못 할 것 같네요."

서후는 정말 아쉽다는 얼굴로 말했다.

물론 진양은 그 말을 듣고 속으로 기겁했다.

본인은 하루라도 빨리 황궁에서 벗어나 무당산으로 돌아가려고 별 짓을 다하는데, 누군가는 자신이 황궁에 오랫동안 남게 하려는 생각을 하고 있었다. 끔찍한 일이다.

그는 진심으로 속으로 황궁에서 자신이 있기를 싫어하는 사람이 많다는 것에 대해 감사해했다.

"양 사범. 그대에게 부탁드릴 것이 하나 있어요."

"부탁⋯⋯입니까?"

진양이 흠칫 놀란 얼굴로 물었다.

왠지 불안한 기분이 스멀스멀 피어올랐다.

"네. 단도직입적으로 말하자면, 혹시 제 여동생을 무당파의 속가제자로 받아주셨으면 해요."

"⋯⋯!"

진양이 너무 놀라 입을 쩍 벌린 채로 말을 잇지 못했다.

"불가능한가요?"

"그건⋯⋯일단 제 능력 밖의 일입니다. 본산에 연락하여 물어봐야합니다. 게다가⋯⋯."

진양이 뒷말을 흐리며 서후의 눈치를 봤다. 무언가 말하고 싶은 것이 있는데, 말할 수 없는 듯 보였다.

이에 서후가 진양이 말하지 않았는데도 눈치챈 듯, 먼저 선수 쳐서 이야기를 꺼냈다.

"궁내의 일은 걱정하지 않아도 괜찮아요. 다른 관리들도 이 일에 찬성하도록 했으니까요."

'이 사람⋯⋯분명히 궁내에서 별다른 권력이 없다고 했는데, 전혀 아니야.'

진양은 정치에 대해서 잘 모른다. 지구의 현대 사회에서도 국내 정치에 대해 별다른 관심이 없었다.

그러나 이 세계에 와서는 제법 조사했었다.

딱히 관심이 있어서는 아니었고, 스스로 황궁에서 살아남기 위해서 만약을 위해 알아본 정도였다.

자신이 알기로 서후는 허수아비나 마찬가지였다.

그저 황제에게 예쁨을 받는 후궁인 여성. 그리고 타인종인데도 불과하고 황궁에 들어온 대가로 권력의 승계를 모두 제한받았다.

하지만 그런데도 불구하고 황족이자 금의위인 서교가 무당파의 속가제자가 되도록 손을 써두었다. 어떤 경위와 방법으로 한지는 알 수 없었지만, 차마 서후에게 물어볼 수는 없었다.

"알겠습니다. 그럼 본산으로 서신을 한 번 보내보도록 하겠습니다."

조금 찜찜하긴 하지만, 거절할 수는 없었다.

게다가 서후는 딱히 자신의 적이 아니었다. 반대로 같은 편에 속한다. 기본적으로 금의와 같이 친 황제파는 자신에게 우호적이었다.

"고마워요. 그럼 나가 보도록 하세요."

"예."

진양은 대답하곤 방 바깥으로 나갔다.

그리고 다시 얼마 지나지 않아서 문이 열렸다가 닫혔다. 방 안에 들어온 사람은 다름 아닌 그녀의 여동생, 벽안검화 서교였다.

"왔니?"

여동생이 들어오자마자 서후의 얼굴에 미소가 만개했다.

"네 부탁은 들어줬단다."

"감사해요, 언니."

서교는 환한 얼굴로 서후에게 감사 인사를 전했다.

그녀는 북경에 도착한 직후, 약 석 달 동안 아무것도 하지 못하고 언니의 곁에서 어울렸다.

마음 같아선 다른 금의위와 함께 훈련에 참여하고 싶었지만 외로워하는 서후 때문에 그럴 수 없었다.

그렇게 훈련 하나 없이, 언니에겐 미안한 말이지만 조금 지루한 석 달을 보냈다.

그러던 어느 날 서후는 서교가 어딘가 모르게 침울해 보이는 것을 눈치채고 한숨을 내쉬며 이야기를 꺼냈다.

"그동안 나와 어울려줘서 고맙구나. 나 때문에 고생했지? 원하는 것도 못하고."

"아니에요, 언니. 언니랑 있어서 즐거워요."

"호호호. 그럴 것 없단다. 나도 너한테 어리광을 부리고 있다는 것쯤은 알고 있었으니까. 네가 이렇게 내 생각도 해 주는 아이로 자라줘서 정말 고맙단다."

서후는 옅게 웃으면서 여동생의 머리를 쓰다듬었다. 그러곤 부드러운 목소리로 차분차분 말을 이었다.

"그러니 이번엔 솔직하게 이 언니에게 어리광을 부려보렴. 여태껏 해본 적이 없었잖아? 만약 없다고 하면 이 언니가 섭섭하니까."

"……네."

서교는 언니에게 솔직하게 말을 전했다.

그녀는 강호에 나가기 전에는 황궁 생활에 딱히 불만은 없었다. 어차피 권력욕은 없었으며, 금의위가 되어 열심히 무학에 갈고 닦을 수 있다면 상관없다 생각했다.

하지만 무림이라는 곳을 알게 되고, 거기에 나아가 진양을 만나면서 생각이 바뀌었다.

무림은 넓고, 고수는 많았다.

지금 당장 양 사범만 봐도 알 수 있었다.

또한 무림의 무학은 황궁의 무학에 비교하면 솔직히 말해서 그 수준이 높았고, 좀 더 많은 걸 겪어보고 알고 싶었다. 서교는 그만큼 무학을 사랑하고 있었다.

이야기를 들은 서후는 아쉽지만 여동생의 생각을 존중

해 주기로 했다. 그래서 그녀는 서교가 무렵에 나갈 방법을 생각하다가, 속가제자라는 것을 알게 되어 여러 방면으로 힘을 썼다.

확실히 그녀는 대외적으로 권력을 발휘할 수는 없다.

하지만 그건 어디까지나 말 그대로 대외적인 상황이다. 황궁 내에서 보이지 않는 곳에선 조금 이야기가 달랐다.

서후는 딱히 머리가 좋은 편은 아니었다. 그 증거로 이곳에 와서 언어에 완전히 익숙해지는데 약 오 년은 걸렸다. 정치에 대해서도 눈이 어두운 편이었다.

그러나 그녀는 친화력만큼은 굉장한 편이었다.

서후는 자신을 보호해 줄 사람을 황제로만 한정하지 않았다. 그녀는 황궁에 들어오자마자 최고 권위자인 황제에게 예쁨을 받았지만, 거기서 멈추지 않고 시선을 다른 인물들에게도 돌렸다.

바로 황후였다.

서후가 황제에게 어여쁨을 받는다고 해도 그래 봤자 후궁에 제한된다. 만약 정실인 황후에게 질시를 받는다면, 그녀 본인도 목숨을 장담하기 힘들다.

그래서 황후에게 온갖 기분을 맞춰 주고, 대화를 하면서 친해지기를 노력했다. 유약하고 소심해 보이지만, 그 특유의 친화력 덕분에 황후와도 친해질 수 있었다.

그 외에도 여럿 있었는데, 바로 자신처럼 후궁들이었다.

수많은 후궁들은 처음에 서후를 좋게 보지 않았다. 황후를 제외하고 그녀들은 평소 황제에게 한 번이라도 더 불림을 받기 위해서 알력 다툼을 하고 있었기 때문이었다. 만약 황제에게 눈에 띄지 않으면 궁내에서도 별다른 힘을 발휘하지 못해서 그렇다.

그런 입장에서 갑자기 서후가 뜬금없이 등장해서 황제의 애정을 독차지했다. 그녀들은 닭 쫓던 개 지붕 쳐다보듯 싸움을 멈추고 뒤에서 서후를 까기 바빴다.

그걸 귀신같이 눈치챈 서후는 후궁들과도 친해졌다.

단순히 친화력만으로 친해진 것이 아니었다. 황제와의 잠자리에서 은근슬쩍 후궁의 이름을 인식시켜주고, 잠자리를 만들었다. 그 덕분에 후궁 세력 내에서도 서후는 인정을 받는 걸 넘어서, 아예 후궁 세력의 위로 올라갔다.

허나 그렇다고 서후가 이걸 이용해 뭔가 정치적인 힘을 가지려는 것도 아니었다.

이 무시무시한 친화력을 가지고 있는데도, 하는 것이라곤 그저 친해지고, 담소만 나눈다. 아무것도 하지 않는다.

이런 연유 덕분에 황후나 여타 후궁들도 서후가 자신들의 권력을 탐하려는 것이 아니라는 걸 깨닫고 큰 신뢰를 형성하게 됐다.

즉, 가만히 있을 뿐이지 존재 자체가 무엇이든 할 수 있는 자리에 앉게 된 것이다.

황궁 내에서는 몇몇 이런 서후를 경계하긴 했지만, 이것도 애매해서 그녀를 건들이진 못했다.

서후의 최대 장점은 정치에도, 권력에도 욕심이 없는 것. 그리고 황제와 황후, 모든 후궁들과 친한 것.

이걸 건드리기에 너무 부담스러웠다.

그리고 서후가 드디어 이번에 처음으로 움직였다.

자신을 위해서가 아니라 여동생을 위해서.

그녀는 황제와 황후, 그 외에도 여러 후궁들을 찾아가서 슬쩍 여동생 이야기를 하고 서교가 속가제자가 될 수 있도록 공작을 펼쳤다. 당연히 그 결과는 성공적이었다.

진양의 금위군 사범 이후로 황실과 무림은 결코 관계할 수 없게 됐다. 정파건 사파건 마찬가지였다. 만약 이를 어기게 되면 환관들도 가만있지 않는다. 그 증거로 환관을 포함하여 모든 관리들이 무림과 연을 끊었다.

원래는 속가제자 안건도 거부되는 것이 알맞았다.

하지만 서후가 부탁한 후궁들 중에선 고위 환관과 혈연 관계가 있는 여성도 있는 덕분에 쉽게 해결할 수 있었다.

서후의 부탁을 듣고 거절하기 힘든 후궁들이 고위 관리들을 찾아가서 부탁한 것이었다.

그밖에도 저번과는 상황이 다른 점 덕분에 할 수 있었다.

진양이야 외부인이었다가 황궁 내에서 임시적이지만 위협이 될 수 있는 관직을 얻는 경우였고, 이번 안건은 아예 서후가 바깥으로 나가 무당파의 속가제자가 돼서 무공만 배우는 것이다.

서교가 예전부터 무공광이라는 건 잘 알려진 사실이니 이상하게 생각할 것도 없었으며, 황실의 권력과는 아무런 관계가 없으니 거절할 연유도 없었다.

그래서 이 정도는 눈을 감아주는 형태로 넘어가주기로 한 것이다.

"훌쩍. 그래도 너무 외로우니 가끔은 돌아와야 한단다?"

서후는 눈물을 글썽이면서 여동생을 안았다.

황궁에서 숨은 권력자라해도, 사실은 그저 여동생을 아끼는 언니일 뿐이었다.

"네, 정말 고마워요. 언니."

서교도 눈을 글썽이며 품에 안긴 서후의 등을 토닥였다.

남들이 보면 언니와 여동생의 역할이 바뀐 것 같았다.

'정말 고마워요.'

　　　　　*　　　*　　　*

　다시 석 달이 흘렀다.

　진양에게 약속된 반년이 지났다.

　원래의 목적은 반년이 되기 전 떠나는 것이었으나, 아쉽게도 그건 맞출 수 없었다.

　이미 금위군의 성과는 나올 때로 나왔지만, 진양과 함께 무당파로 복귀하기로 한 서교가 언니와 되도록 오랫동안 함께하고 싶어 해서 별 수가 없었다.

　서교는 오늘로부터 석 달 전에, 진양이 무당파로 날렸던 서신 덕분으로 정식으로 속가제자가 되기로 했다.

　스승은 무당파에 가서 정식으로 입문식을 올리고 구하기로 했다.

　그녀는 진양에게 스승이 되어 주면 안 되나 싶었지만, 진양은 자신이 사대제자 신분인지라 그럴 수 없다고 답했다. 서교는 아쉬워하면서 머리를 끄덕여 긍정했다.

　"반년 동안 고생 많으셨습니다."

　진양이 어색하게 웃으면서 인사했다. 그의 앞에는 약 반년 동안 가르침을 주었던 금위군이 열을 맞춰 서 있었다.

　천호 관창을 포함하여 천 하고도 일 명.

　그리고 반년 사이에 그들의 기세는 몰라보도록 변해 있

었다.

금위병이야 아직 금강철벽포를 한창 수련 중인지라 알 수 없었지만, 금의위는 전혀 달랐다.

그들은 하나하나 기세가 굉장했다.

일단 쓸데없이 기백을 쏟아 내는 것부터 사라져 있었다. 모두 내외법을 성공적으로 익혀서 기운을 안으로 갈무리해 정갈한 분위기를 풍기고 있었다.

처음에 봤을 때는 저돌적인 멧돼지와 같았더라면, 지금은 산중에 고요하게 서 있는 호랑이와도 같은 기세였다.

"부대! 전방 주시!"

척!

약 천 명의 인원이 일제히 차렷 자세를 취했다.

"무당파의 사대제자! 금위군의 진양 사범님께—"

맨 앞에 선 관창의 목소리가 연무장 바깥으로 쩌렁쩌렁하게 울려 퍼졌다.

"례!"

레엣!

천 하고도 한 명이 동시에 움직여 포권을 취해 인사했다. 천 명이나 되는 인물들이 동시에 같은 동작을 취하며 인사하는 모습은 제법 장관이었다.

또한, 평소라면 약 천 명이나 되는 사람들이 궁내에서

이렇게 함성을 내지르는 것은 금지되었으나 오늘 만큼은 황실에서도 모른 척해 주는 모양이었다.

"반년 동안 정말 수고 많았네."

대영반 위정배가 수염을 휘날리며 마주 본 채로 부드럽게 웃었다. 이에 진양은 얼른 무릎을 꿇고 인사하려 했으나, 이를 위정배가 막았다.

"그럴 필요 없네. 자네 덕분에 우리 금위군은 역사상 유례없을 정도로 강해졌어. 금위병들도 오 년 정도만 지나면 금강철벽포에 숙련되어 명나라 최강의 부대가 될 터이고."

위정배의 표정에서는 진심으로 감사하다는 감정이 묻어났다.

"원래라면 자네에게 금위군의 보검이라도 선물해 주려 했으나 자네가 검수가 아니라니 아쉽구먼."

위정배는 진심으로 안타까워했다.

실제로 그는 진양이 검법을 익혔더라면 무슨 수를 써서라도 감사의 인사로 보검을 주려했다.

진양이 제대로 된 보수를 받지 못한 바도 컸지만, 금위군을 몰라보게 강하게 단련시켜줬다는 은혜 때문이었다.

"대신에 이걸 주겠네. 혹여나 관부의 힘이 필요하다면 큰 힘은 아니어도, 조금은 될 것이네. 다만 정말 필요할 때만 사용하도록 하게나."

위정배는 그에게 휘황찬란한 금빛을 내뿜는 명패를 주었다. 딱 손바닥만 한 크기였는데, 중앙에는 금(金)이라고 떡 하니 새겨져 있었고, 배경으로는 멋들어지고 화려한 용 한 마리가 있었다.

"감사합니다."

"아아. 그럼 또 인연이 있다면 보도록 합세. 양 사범."

금위군의 사범, 진양.

'사부님과 사저는 잘 계실까?'

그는 반년 만에 서교와 함께 다시 무당행에 올랐다.

〈다음 권에 계속〉